CIGALES D'AMOUR

Suzanne Rafflé de Chevaniel

Cigales d'amour

Roman

Éditions Persée

Ce livre est une œuvre de fiction. Les noms, les personnages et les événements sont le fruit de l'imagination de l'auteur et toute ressemblance avec des personnes vivantes ou ayant existé serait pure coïncidence.

Consultez notre site internet

Pour tout contact :
Éditions Persée – 38 Parc du Golf – 13 856 Aix-en-Provence
www.editions-persee.fr

Je dédie cet ouvrage à ma sœur chérie Éliane.
Puisse de Provence le concert des cigales
parvenir jusqu'à elle pour un éternel été.

En souvenir de ma sœur Jacqueline
qui fut professeur de littérature moderne
à l'Institut de France à Bonn.

En hommage à notre génial Jean de La Fontaine,
dont la fable La Cigale et la Fourmi
m'a inspiré le titre de mon roman.

Ma reconnaissance et mes remerciements
vont au Docteur Roland Noël,
Président National et à sa femme Dominique,
couple phare du Groupement des Écrivains-Médecins.

LA CIGALE ET LA FOURMI

La Cigale, ayant chanté
Tout l'été,
Se trouva fort dépourvue
Quand la bise fut venue.
Pas un seul petit morceau
De mouche ou de vermisseau.
Elle alla crier famine
Chez la Fourmi sa voisine,
La priant de lui prêter
Quelque grain pour subsister
Jusqu'à la saison nouvelle.
« Je vous paierai, lui dit-elle,
Avant l'août, foi d'animal,
Intérêt et principal. »
La Fourmi n'est pas prêteuse ;
C'est là son moindre défaut.
« Que faisiez-vous au temps chaud ?
Dit-elle à cette emprunteuse.
— Nuit et jour à tout venant
Je chantais, ne vous déplaise.
— Vous chantiez ? J'en suis fort aise :
Et bien ! dansez maintenant. »

À toutes les cigales d'amour
de France et de Navarre.

PREMIÈRE PARTIE

Ils faisaient l'amour. Elle l'aimait. Luc était son nom.

Il était arrivé la veille. Comme à l'accoutumée, dès qu'il annonçait sa venue à Aude, un bonheur incontinent irradiait en elle une sève tonique que le départ honni de Luc tarissait aussitôt en une lymphe stérile. Les murs qui emprisonnaient Aude depuis quelques années dans une vie laborieuse et sans éclat s'entrouvraient alors telles des valves nacrées. Les deux amants évoluaient au cœur de cette conque précieuse. Un écho endoréique répondait aux flux et reflux irisés de leurs souffles *« je t'aime Luc »*, *« je t'aime Aude »*, et leurs pas mêmes, ailés de grâce et de légèreté, s'ébruitaient en une subtile musique.

L'heure était festive. Ce soir, elle allait le chercher. Chauffeur impatient, elle redoublait alternativement de prudence et d'audace, au rythme inconscient de ses pensées désordonnées. Parvenue à la gare, une gomme invisible effaçant les soucis lissait son visage, le magnifiant de lumière tel un flambeau.

Luc fut un des premiers à descendre du train. Lorsque Aude l'eut reconnu, son regard cerna une silhouette élancée, grise et austère, à la rigueur quasi militaire tant il se tenait droit. Il portait une serviette noire et usagée, bourrée de dossiers et d'effets, dont il ne se séparait jamais, comme si elle contenait quelque secret… Un chapeau feutre, démodé, le vieillissant quelque peu, ajoutait un zeste de mystère à l'ensemble classique qui se fondait totalement dans les couleurs de l'obscurité.

Tous ces voyageurs, destins surmenés et pressés à cette heure insolite de la nuit, griffaient de leurs traits flous et mouvants cette toile expressionniste et dérisoire, que l'état subjectif d'Aude avait quelque peine à interroger.

Et puis, il y eut l'instant magique où leurs yeux qui tentaient de se frayer un chemin établirent enfin une percée dans cet univers de formes et se rencontrèrent. Une étreinte invisible s'inscrivit aussitôt dans cette réalité insondable où convergeaient à la fois leurs élans et leurs retenues.

Luc prit place dans la voiture. Installée au volant, Aude interrogea Luc tendrement.

— Chéri, ce soir tu sembles contrarié.

— Tu demeurais mon unique préoccupation. À tes côtés maintenant je me sens rassuré.

Pour donner plus de poids à sa réponse, sa main discrètement chercha celle d'Aude déjà tendue. La tête de la jeune femme se posa délicatement sur l'épaule de Luc, telle une fleur mue par quelque tropisme lunaire. Le sourire avec lequel Luc accueillit ce mouvement d'amour la remplit de paix tant il semblait le transfigurer.

Elle capta alors dans un regard oblique la métamorphose qui s'opérait dans cet espace clos et douillet.

Luc s'était débarrassé de son chapeau. De jeunes boucles libérées de l'étau du feutre soulignaient sa nuque veloutée et cendrée. Il avait enlevé ses lunettes cerclées et ses yeux bleus fiévreux reposés de leur myopie brillaient d'une lumière stellaire. Le grain même de son visage fardé de tiédeur palpitait d'une vie nouvelle puisée au sein de mystérieuses cellules de jouvence. Son manteau anthracite, roulé en ammonite sur ses genoux, s'éclaircissait de la blancheur de ses mains. Son corps tout entier, soulagé des tensions du voyage, semblait rajeunir comme s'il était soumis à une savante technique numérisée.

Aude, à son insu, projetait l'image de Luc sur la route graduée, jusqu'à ce qu'elle en devienne le centre de gravité. Elle scrutait des yeux avec acharnement la trame sinueuse qui s'étirait inlassablement. Elle tentait de capturer sur ce ruban le filigrane de chair que les clartés nocturnes sculptaient d'ombre et de lumière.

Enfin, ils arrivèrent au pied de la Thébaïde. Ils entrèrent chez Aude avec leurs rêves et leurs élans, autant d'opportunités qui les rendirent l'un à l'autre. De ce Big Bang moléculaire surgissait inlassablement une nouvelle Tyr. Dans un mirage étincelant, pèlerins uniques, ils prenaient possession de l'illustre cité. Le retour enchaînait leurs destins aussi sûrement que les décrets de la providence n'avaient pu protéger les Tyriens d'Alexandre.

*

Le lendemain matin, Aude ne l'entendit pas sortir. Discret, Luc s'était, comme à son habitude, éclipsé sans bruit. Seul le claquement de la porte la réveillait parfois. Elle le rejoignait alors en quelques bonds au pied de l'escalier. Leurs baisers furtifs volés à l'aube autoritaire et déjà à pied d'œuvre devenaient jusqu'au soir leur précieux viatique.

Il était neuf heures. Aujourd'hui, la pharmacie d'Aude était fermée. La journée lui appartenait avec toutes ses promesses. Le bonheur d'aimer embellissait toute chose autour d'elle. Les fleurs aux arômes subtils qu'elle avait disposées la veille dans le salon rehaussaient les tons éclatants des cache-pots Napoléon III jetant leurs notes joyeuses sur le taffetas vert chatoyant des double-rideaux. Le lustre ancien Murano, aux couleurs indéfinissables, décorait de son arc-en-ciel pastel le haut plafond de cette pièce au mobilier raffiné. Chaque objet semblait façonné sur place par quelque artisan talentueux, mis au secret entre ces murs, pour en accentuer l'originale atmosphère.

Luc s'y montrait très sensible. D'une nature sensuelle, il s'affranchissait difficilement de certaines conventions esthétiques, exigences très intériorisées. Il se sentait très à l'aise dans cette maison. Récemment, il avait confié à Aude :

— J'erre partout hors d'ici. C'est là que j'ai rendez-vous avec la vie. Sais-tu que je suis moins loquace avec mes filles ?

— Chéri, cela ne peut être que temporaire.

— Je n'en suis pas si sûr ! Sybille et Claire étaient ma dernière chance. Maintenant, j'en ai une autre, inespérée, qui vient de toi.

— Elles ne sont pas incompatibles !

— Claire est très intuitive malgré ses huit ans. Elle se doute bien de quelque chose. Dimanche, au petit-déjeuner, elle m'a encore interrogé : « Papa, est-ce qu'il y a toujours la dame dans ta vie ? »

— Et que lui as-tu répondu ?

— Eh bien, ma petite chérie, si cela t'intéresse, nous pourrons en reparler.

Tandis que la jeune femme versait le thé dans sa tasse en argent, son imagination anticipait le dialogue entre Luc et sa fille. Bientôt, ils pourraient converser tous les quatre. Aude était très impatiente de connaître Sybille et Claire. Elle les aimait déjà. Cette idée l'inondait d'une chaleureuse reconnaissance envers la vie. De même que les notes d'une symphonie à laquelle on ne prête pas une écoute attentive peuvent vous pénétrer jusqu'à l'âme, de même le bien-être qu'elle ressentait ce matin-là mettait Aude dans un état d'apesanteur paraphant la certitude de son bonheur. Alors qu'elle souriait dans le vide à une frimousse enfantine, gracieuse esquisse de sa représentation mentale, la sonnerie du téléphone tira Aude de sa vision. Elle reconnut immédiatement la voix de sa sœur Laure et elles furent aussitôt réunies dans une tendre complicité.

— Aude, nous sommes rentrés hier soir. Je languissais de t'entendre. J'ai tant pensé à toi.

— Toi aussi tu m'as manqué ! Mon bonheur est maintenant complet.

— J'en déduis que Luc est auprès de toi.

— Tu l'as deviné. Mais comme d'habitude, j'ignore pour combien de temps.

— Nous avons revu à New York notre ami Frédéric d'Arpert. Il nous a rappelé qu'il t'avait invitée à la Méridienne pour fêter les dix-huit ans d'Axelle sa filleule. Il maugrée encore contre l'imprévu qui l'a tenu éloigné de cet événement mondain. Il compte bien se faire pardonner. Il nous conviera à la Méridienne dès son retour. Ton sourire le subjugue paraît-il !

— Tu le connais, il n'est jamais avare de compliments.

— Cette soirée était-elle aussi exceptionnelle qu'il le prétend ?

— Elle l'a été, inoubliable, à bien des égards. J'y rencontrai Luc. Notre histoire débutait tel un conte de fées.

— Je ne me lasse jamais de te l'entendre dire. Plus d'un an déjà ! Mais évolue-t-elle ainsi que tu le souhaites ? Je brûle d'impatience de connaître la suite ! Notre long voyage nous en a frustrés ! Pourquoi ne viendriez-vous pas dîner demain soir ? Les fêtes approchent. Nous pourrions en discuter. Sais-tu si ta belle-mère les passera cette année avec sa fille et son gendre ?

— Élisabeth séjourne en Californie pour une période indéterminée. Elle baigne dans l'euphorie depuis la naissance de sa petite-fille.

— Alors il est probable que nous soyons privés de sa présence à cette date. Aude, tu es veuve depuis plusieurs années, une belle-fille irréprochable. Ne serait-ce pas un magnifique Noël si pour la première fois nous étions réunis autour de Luc ? N'est-ce pas logique et ton vœu le plus cher ? J'ouvrirai la maison. Les Dunes ne manquent pas de charme en hiver. Léonie allumera la grande cheminée. Je demanderai à José de faire le père Noël. Sybille et Claire n'auront jamais connu une aussi belle fête depuis le décès de leur mère.

— Moi aussi, depuis celui de Charles.

— Si l'idée t'enchante, tu n'as plus qu'à en persuader Luc. J'ai l'intention de chauffer mon atelier et de travailler mes toiles. Je trouverai bien un moment dans la matinée pour initier les filles de Luc à la peinture. Que penserais-tu d'un concours ? Le plus beau paysage doté d'un prix. Cela pourrait les amuser.

— Tu n'as aucune peine à me convaincre.

— Surtout si Luc est élu président du jury ! Richard et moi déplorons de le connaître si peu.

— Les vacances pourraient nous en fournir l'occasion en effet.

— L'hiver dernier à cette même époque, tu étais sans nouvelles de Luc. C'était juste après votre seconde rencontre. Le bonheur te fuyait encore, me disais-tu. Je m'en souviens très bien. Tu portais ce regret au-delà du langage. Tu le verras, Les Dunes te porteront bonheur.

— Notre vie est émaillée de séparations mais qu'importe ! Nous cheminons ensemble.

— Parle-lui dès ce soir. Fais-lui part de notre invitation.

Aude marqua une pause.

— Oui, je te le promets, ponctuant son affirmation d'une pointe d'agacement.

Celle-ci ne pouvait échapper à la finesse de Laure. Aude en voulait à sa sœur chaque fois que dans son insistance elle croyait déceler une restriction à l'égard de Luc. Elle interprétait les réticences de Laure comme autant d'injures à l'invulnérabilité de son couple. Aude, susceptible sur le sujet, était rebelle aux conseils de son aînée.

— À bientôt Aude. Rappelle-moi. Je compte sur toi.

— À bientôt.

Aude aurait aimé aller l'embrasser, mais Luc avait pris sa voiture. Elle venait de trouver un billet posé sur le guéridon florentin.

— J'ai emprunté tes quatre roues. Je rentrerai plus tôt. Je t'aime. Luc.

Rien ne pouvait entamer la certitude exprimée dans les derniers mots du message. Ils étaient magnétiques. L'encre devenait lagon d'azur, la signature une forteresse.

Il partit le lendemain avant le déjeuner. Luc paraissait accablé d'avoir à quitter Aude, cependant mû par une force supérieure qui lui donnait le courage de s'éloigner. Aude était contrariée. Elle n'avait pas encore abordé le sujet qui lui tenait à cœur. Rendue aux exigences de son officine, elle déplora de ne pas avoir transmis à Luc l'invitation de Laure et s'imposa de le faire lors de sa prochaine venue. En l'absence de Luc, la clientèle, l'approvisionnement, la gestion étaient les défis à relever chaque jour. Elle les empoignait comme autant d'atouts dans sa mise pour en améliorer le score et tromper son attente. Sa profession restait le plus puissant antidote à sa solitude, entrecoupée des allées et venues de Luc. Mais lorsque, impromptu, le joker apparaissait, chaque jour en tête à tête avait l'intensité d'une vie ; chaque heure était une fête se déroulant dans le plus brillant des casinos, gratifiant Aude du gros lot. Sa vie s'écoulait ainsi au gré d'incertitudes ; mais Aude avait maintenant la conviction qu'ils avaient construit une citadelle invulnérable. Chaque pierre était cimentée du prix d'une séparation. Les remparts fortifiés d'autant d'avatars enserraient Aude et Luc dans leurs puissants bras rocheux et les mettaient, telle la Cité interdite, à l'abri des malins défis.

Leur forteresse, cher lecteur, c'était, si vous le voulez bien, le premier jour de la Création, leur Éden avant la chute. Elle avait pour nom la Méridienne.

LA MÉRIDIENNE

Lorsque la rumeur médiatique prit le relais de la fête elle-même, elle en exprima l'excellence dans la presse par des superlatifs. Elle titra même, laudative, *« Il était une fois »*, *« Le retour du conte de fées »*, *« Extravagant »*, tant la notoriété d'un tel événement fut moins usurpée.

Il est vrai que la Méridienne n'était pas un château fort. Elle n'avait ni pont-levis, ni créneaux, ni tours de guet, apanages des lieux où se cachent les génies. Elle n'en était pas moins un espace magique. Tous les invités qui avaient eu l'honneur d'en fouler les allées ou de valser dans les salons lambrissés pouvaient en témoigner.

C'était un élégant édifice, allongé et sobre, dans le pur style traditionnel du milieu du XIXe siècle, surmonté de deux étages. La façade, encadrée de deux ailes latérales bordées de balustres, abritait en son centre une vaste marquise surmontée d'un fronton ouvrageusement armorié. Les porte-fenêtres s'ouvraient au rez-de-chaussée sur de longues terrasses. À l'est du bâtiment, une aile habillée de lierre, rajoutée par des héritiers soucieux de nouveaux aménagements et d'aisance, était ornée de gracieux balcons artistiquement décorés de volutes de fonte.

La Méridienne ne vous écrasait pas du poids de son histoire nourrie d'intrigues ou hantée de fantômes. C'était une demeure de charme. De même qu'une personne vous attire irrésistiblement, la Méridienne dans l'écrin de son parc vous réservait un irrépressible coup de cœur.

À la Méridienne, la nature était généreuse. Elle invitait aux méditations sereines, à la quiétude, ou vous inspirait si vous étiez artiste. Quant à sa lithophanie, elle était formelle. À l'abri des murs lisses, les générations avaient dansé et opté pour les plaisirs, plutôt qu'ourdi des complots derrière de funestes meurtrières.

Ce soir Axelle, la jeune maîtresse de céans, fêtait ses dix-huit ans. Le comte et la comtesse de Virleye dont elle était la fille unique n'avaient rien épargné pour ravir les yeux et les oreilles de quelques centaines d'invités blasés par habitude.

Heureusement, Aude n'était pas seule. Elle avait à ses côtés, pour traverser cette voie lactée, Sandra, sa meilleure amie, de cinq ans sa cadette. Elle ne passait pas inaperçue avec sa lourde chevelure rousse qu'elle arborait telle une oriflamme. Ondoyante dans sa longue robe d'organza blanc qui s'épanouissait en corolle, elle aurait pu servir de modèle à Klimt. Sandra traversait une douloureuse épreuve, due au décès de son père. Aude misait sur la Méridienne pour la soustraire de son isolement intérieur.

Elles venaient toutes les deux de déboucher sur l'allée centrale. Là, tout à coup, sur leur droite, s'offrit l'Olympe. Si son architecture trop bourgeoise l'isolait la veille de la galaxie des châteaux seigneuriaux voisins, cette nuit, la Méridienne célébrait son apothéose, en les éclipsant tous. On la distinguait, telle l'étoile polaire au milieu de pâles subordonnées, grisée d'étaler son rayonnement séculaire. Déjà les allées convergentes déversaient sans répit sur l'axe principal les flots de voitures. Elles avançaient lentement sur une file, telle une procession en route vers l'autel flamboyant de lumières. À la sidération du cortège succéda rapidement l'agitation. Elle était partout, devant, derrière, dessus, dessous. Elle gagna les chauffeurs et Aude en oublia la stratégie et les manœuvres savantes qu'elle devait déployer pour trouver refuge au milieu de cette marée de roues.

Les deux amies s'entretenaient maintenant, fébriles au cœur de cette félicité. Tout à coup, Sandra se montra psychologue :

— Elle peut être fière la petite Axelle ! Je me sens déjà sa prisonnière. N'as-tu pas la conviction qu'avec autant d'atouts, elle peut acheter le plus endurci des cœurs masculins ?

— Tu te méprends. Axelle est secrètement éprise d'un brillant étudiant, un futur énarque. Malheureusement il n'est ni titré, ni fortuné. La mère d'Axelle tire les ficelles. C'est elle l'instigatrice de cette mise en scène. La petite s'en est confiée au baron d'Arpert. Il est son parrain.

— Et bien sûr, Ghislaine de Virleye a conçu d'autres plans. Ce n'est pas le parti dont elle a rêvé pour sa fille. Ne m'as-tu pas dit que son époux était plus libéral ?

—Assurément, mais elle a beaucoup plus de caractère. Personne ne lui a jamais résisté. Petite fille déjà, on l'appelait Princesse. Plus tard, elle a traîné derrière elle d'infortunés soupirants. Rien ne les décourageait, même lorsqu'ils étaient éconduits. Elle en a fait souffrir, des cœurs !

— Tout le contraire d'Axelle qui, elle, est assez timide m'as-tu dit.

—Ajoute à cela l'autorité d'une femme du monde encore d'une grande séduction et tu pourras cerner le personnage.

— Elle est une amie du baron d'Arpert à ce que je sais.

— Exactement. Bien qu'il estime l'amie, il juge sévèrement la mère. *« Elle ne sacrifiera pas ma filleule à ses prétentions, m'a-t-il avoué en colère. Je serai là pour l'empêcher de faire le malheur de sa fille et lui faire entendre raison. Dans cette affaire, je ne suis pas son allié. Je la combattrai sur son propre terrain. »*

La pauvre comtesse ! Ses oreilles devaient tinter sérieusement à cette perspective ! Car à peine Aude venait-elle de rapporter à Sandra les sévères critiques du baron à l'encontre de la comtesse qu'un joyeux vacarme analogue à celui que feraient des grelots se rapprocha des deux amies.

Peut-être était-il dû à quelque bohémienne égarée dans le bois qui jouait de son tambourin, attirée par les clameurs de la fête. À y réfléchir, cela pouvait être le marchand de sonnailles accrédité par le baron pour appliquer sur le champ de sévères représailles.

Dans le fond pourquoi s'étonner? s'interrogeait Aude. L'invisible et le visible, l'ici ou l'ailleurs, le phénomène ou la réalité ne sont-ils pas l'expression d'une même chose?

La curiosité des deux amies était aiguisée car elles allaient de surprise en surprise. Voilà que surgissait de l'ombre une calèche, tirée par un cheval blanc coquettement harnaché. Fier de ses crins enrubannés, il participait avec panache à cette apparition romantique. Deux jeunes gens distingués et fringants arrêtèrent l'attelage à la hauteur des belles invitées.

— Voulez-vous monter? Nous sommes les cousins d'Axelle de Virleye. Nous vous conduirons au château. Vous épargnerez à vos pieds bien des désagréments.

Ils les aidèrent courtoisement, et ce furent, pour un temps, les seules paroles qu'ils prononcèrent.

Elles goûtaient l'une et l'autre l'extase grisante de cette promenade inattendue, que la conjoncture des lieux et leur esprit rendaient quelque peu intemporelle. La perception était si forte, les sens y participaient si pleinement qu'elles étaient toutes les deux délicieusement bien, s'abandonnant à la douceur encore estivale de la nuit.

— Nous approchons, mesdames, du parc animalier.

Sous le doigt pointé du jeune cocher, elles distinguaient avec peine, dans l'espace sombre et dépouillé, les formes éburnéennes d'un harpail. Voilà que palpitaient, sous l'objectif raccourci, les vies frémissantes d'une petite colonie de biches et de cerfs, que l'irruption des intrus avait rendus soudainement inquiets. Sans aucun doute, Noé avait choisi ce dernier coin d'Éden pour y apprivoiser les plus gracieuses créatures de son arche, car s'y mêlaient aussi quelques paons blancs qui réinventaient le réel, grâce à leur originale beauté.

Janus, dans les derniers tours de roues, avait fait basculer Aude dans la gémellité de son univers. Elle se remémorait ses premiers souvenirs de vacances à la campagne, lorsque fillette elle était restée médusée et attendrie devant les animaux d'une ferme, impatiente de satisfaire ses fantasmes de protection. Aujourd'hui elle était confrontée à ces visions d'Arcadie qu'adulte elle enrichissait de son vécu. Sa sensibilité experte l'affinait d'intimes émotions, et, pour la première fois depuis le décès de Charles, elle goûtait sans restriction le présent.

Tandis que ses pensées se dissolvaient dans ces instants parfaits, les mentors avaient stoppé la calèche. Aude et Sandra reçurent cette attention avec gratitude.

— Quelle galanterie ! chuchota Aude à son amie.

Après une halte assez longue, tous les quatre s'en retournèrent au peuple de l'ombre.

— Sommes-nous encore loin ? s'enquit Sandra, quelque peu surprise par la durée du trajet.

— Madame, nous avons fait un autre détour pour vous approcher des tennis.

C'était bien les balles qui claquaient sur les courts éclairés. La nuit, qui habillait sa nudité de ces grands damiers de lumière, se costumait en Arlequin. De beaux jeunes gens sportifs et insolents de jeunesse, la serviette autour du cou, s'éloignaient des lieux de leurs exploits pour aller revêtir leurs habits de soirée. Tout laissait à penser qu'Aude et Sandra étaient prises dans le tourbillon de la fête.

La Méridienne, en effet, venait à leur rencontre avec le raffinement du lustre d'antan enrichi de la technologie la plus sophistiquée du son et lumière. Beaucoup de couples élégants se pressaient entre les deux rangées de majordomes. Quelque figurant en quête de rôle, dissimulé derrière les projecteurs, aurait pu, se méprenant, penser qu'il assistait au tournage d'un film. C'était au tour des deux jeunes femmes d'être annoncées et projetées sous les feux intimidants de la rampe.

— Entrons dans l'arène, dit Sandra, la mine inquiète.

— Haut les cœurs ! lui répondit Aude. Il n'y a pas de mise à mort.

Ce n'était pas si évident, car à peine avaient-elles franchi le seuil de l'entrée d'honneur, qu'elles furent cernées de toute part. Ce n'était pas un colosse, sombre et furieux qu'elles avaient à affronter, mais une foule protéiforme, qui se convulsait dans les angles et les étranglements des lieux. C'était un défi, tout aussi difficile et dangereux, celui-ci à mains nues.

— Que ne suis-je à mille lieues d'ici ! pensa Aude.

Elle se mit à fustiger les salons détournés de leur sens pour les circonstances et devenus boulevards. Elle perdit Sandra de vue et commença à manquer d'air.

Pour doper son courage, elle puisait dans les portraits des ancêtres qui s'offraient à son regard toute l'énergie de l'illustre généalogie. Finalement, elle focalisa sa périlleuse situation sur un tableau au sujet historique. S'il célébrait la reddition d'un héroïque général, Aude, quant à elle, se trouvait encore prisonnière d'un mouvement de foule dense et désordonné. Jouant des coudes, elle réussit enfin à se rapprocher d'une rampe. Prise de vertige, elle se sentit au bord d'un malaise. Sa vue commença à se brouiller devant un autre sanglant champ de bataille. Ses yeux inquiets errant d'une toile à l'autre scrutaient le moindre secours dans l'étendue plus vaste de son infortune. Finalement découragée, elle en appela à la bonté divine.

Soli Deo Gracia !

Elle était là, devant elle, l'ardente figure, tout en pied, coulée dans le bronze et dans l'axe de son regard : Dieu ou si l'on veut l'un de ses saints acolytes, plus vraisemblablement l'ancêtre ecclésiastique de ses hôtes, avec sa crosse et sa médaille. Son expression amène et quelque peu ironique soutint Aude jusqu'à la porte. Pour légitimer sa bienveillante entreprise, la musique techno céda la place à l'ouverture de la *Force du destin*, et Verdi lui-même se fit complice.

Aude se tenait là, interdite, appuyée contre le chambranle, orientée vers le saint homme. Elle tentait, la main sur son cœur, d'en maîtriser l'arythmie.

— Il a dû en susciter des vocations avec pareille allure ! pensa-t-elle.

Pour l'heure, il l'avait revigorée. Dans un élan sincère et sans préjugé, elle se mit à l'invoquer et plaça le restant de la soirée sous sa protection.

Aude eut tout à coup un grand besoin de se désaltérer. Les couples qui déambulaient, le verre à la main, l'incitaient à penser que le buffet n'était pas loin. Elle réajustait sa toilette, lorsqu'une voix chaleureuse l'engagea à se retourner ;

— Pardonnez-moi, madame, je vous observe depuis quelques instants. Vous semblez être en difficulté. Me permettez-vous de vous aider ?

— Monsieur, je vous remercie de tout cœur, comme je remercierais saint Léonard en personne. J'ai été prise d'un étourdissement au milieu de la foule. Je vous l'avoue, c'est une épreuve que je ne suis pas prête d'oublier.

— Je le déplore d'autant plus que je suis l'un des organisateurs de la soirée. Il y a beaucoup trop de monde. Nous avons eu des plaintes, je vous l'avoue.

— Des plaintes ? Je m'abstiendrai de vous accabler de la mienne. En me confiant vos ennuis, vous me dédommagez de mon mécontentement. Il n'est que passager, et ne sera pas un alibi pour me dérober à cette merveilleuse soirée.

— Nous l'avons préparée depuis des mois, avec beaucoup de minutie. Mais certains impondérables ne peuvent être maîtrisés. Acceptez les devoirs dont je me sens redevable envers vous et je serai l'homme le plus comblé de la Méridienne. Approcher des buffets relèverait pour vous de la course d'obstacles. Laissez-moi deviner ce qui vous ferait plaisir. Je ne tarderai pas.

— Avant de vous éloigner, savez-vous qui est ce prince de l'Église ? Cette noble figure me fascine. Elle semble venir d'un autre âge.

— Madame, ce personnage est le plus saint de nous tous, le protecteur de cette maison, de la lignée du comte de Virleye. De son vivant, on disait même qu'il faisait des miracles, un véritable Esculape des âmes. Sa puissance thaumaturgique était considérable. C'est ainsi que l'a rapporté la tradition orale et que l'attestent les archives. Je ne peux vous laisser en meilleure compagnie que celle de cet ange gardien.

Et sur cette affirmation, il s'éloigna d'Aude.

Cet éloge lui parut de bon augure. La jeune femme avait spontanément invoqué l'illustre inconnu. Partageant le secret des dieux, il savait déjà que Cupidon avait choisi Aude pour victime. Il la transperça de sa flèche lorsque son galant cavalier se présenta à elle, chargé de délicieuses gourmandises. Il émanait de lui beaucoup de charme et de finesse. Ses gestes étaient empreints d'aisance et de simplicité. Ses yeux bleus, telles deux sondes, avaient déjà exploré Aude avec l'habileté du charpentier qui manie ses tarières. Mais lorsque, à son retour, ils se fichèrent dans ceux de la jeune femme, ils se firent flèche d'acier pour la première fois. Simultanément, Aude perdit le contrôle de la situation. Son cœur devint le siège d'un étrange phénomène. Il sembla être le point de départ d'un mouvement circulaire de son sang, puis son point d'arrivée dans un spasme qui toucha aussi l'estomac et la révéla à elle-même. Aude avait à peine trente ans, l'expérience d'une courte vie conjugale derrière elle, et pourtant elle se sentait aussi démunie que l'enfant perplexe, confronté au stade du miroir. C'était *« terra incognita »* et elle ne pouvait avancer qu'à tâtons.

— J'espère que ce liquide euphorisant aura la vertu de vous rétablir. Mais puisque j'ai un sérieux concurrent devant moi, buvons aussi à sa santé. Il n'en serait pas fâché, j'en suis sûr !

— Je me sens déjà plus tonique. Parions que la proximité de la sainte effigie lui aura conféré, comme au Moyen Âge, les qualités d'un elixir !

— La tournure de vos propos est curieuse. Ils plairaient à Gontrand de Virleye.

— Ah oui, et pourquoi ?

— Savez-vous que notre ami possède par sa mère une ascendance égyptienne ?

— Je l'ignorais.

— Il prétend que dans les veines de son saint ancêtre coule le sang divin d'Imhotep.

— Laissez-moi me souvenir. Ne s'agit-il pas de cet architecte, bâtisseur des pyramides de Saqqarah près du Caire, à la fois prêtre et guérisseur ?

— Exactement. Il fut vénéré dans toute l'Antiquité à l'égal d'un dieu. Notre hôte est intarissable sur le sujet. Vous imaginez sa fierté.

— Elle me paraît bien légitime. Dans ce cas, faites un vœu. Peut-être serons-nous les témoins d'un miracle.

— Faites-en un vous aussi. Après tout, c'est vous l'auteur de cette idée originale.

— Le plus sincère de nous deux sera certainement exaucé.

— Dans cette hypothèse, nous serons difficiles à départager !

Jamais souhaits ne furent plus fervents, entrecoupés de rires aussi joyeux. Ils étaient au pays des pharaons. Aude en avait oublié la mission que lui avait confiée Frédéric d'Arpert. Celle-ci se représenta à son esprit lorsque le bel inconnu questionna Aude.

— Êtes-vous une amie d'Axelle ?

— Pas exactement. Je suis une amie de son parrain.

— Je vois ! Le baron d'Arpert ! Je l'ai rencontré ici même il y a quelque temps. Cet homme est un véritable météore. Il ne s'appartient plus. Je crains qu'un jour cela ne lui cause des ennuis !

— Il m'a demandé de remettre un message à madame de Virleye. Savez-vous s'il me sera possible de la rencontrer ce soir ?

— Elle se tient dans le salon chinois en compagnie de ses invités. Je peux vous guider jusqu'à elle.

Ils marchaient côte à côte. Les jeunes couples qui les croisaient validaient leur duo d'œillades complices. Que la vie était douée ! Il y a quelques heures à peine, Aude piétinait anonyme au milieu d'une foule hostile. Maintenant, elle allait, la tête dans les étoiles, à la découverte de sa propre énigme et des signes cachés d'un prélude amoureux.

— Vous semblez connaître cette demeure aussi bien que la vôtre !

— J'en suis un habitué. J'ai évité la suite jaune dite « majorquine » qui est un véritable piège. Nous sommes arrivés au premier étage par le côté nord, ou si vous voulez, par l'aile florentine. Vous voyez les colonnes de marbre rose. Elles sont un excellent repère. Juste après, se trouve le salon chinois.

Qu'il fut extraordinaire le voyage en compagnie de ce séduisant condottiere. Il entraînait Aude d'un continent à l'autre, de la lumière de la Méditerranée aux mystères de l'Extrême-Orient. Il régénérait ses forces vives, tel un cocktail mousseux de jus de fruits frais, gorgés de vitamines. Il était prudent, d'ailleurs, d'avoir fait le plein d'énergie, tant le salon chinois, une fois la porte franchie, offrait à Aude un spectacle étonnant. Son corps accusa les effets de la surprise, car il fut parcouru instantanément d'ondes qui témoignèrent de l'emballement de l'adrénaline.

Par Confucius ! Ils étaient là les mandarins, isolés sur une plateforme recouverte d'un immense tapis chinois. La composition très raffinée était digne de Visconti.

Distinguées et droites malgré leur âge, les anciennes générations se faisaient face, dans un ordre protocolaire, sur deux canapés bleu foncé. Leurs mains tremblotantes reposaient sur les pommeaux argentés de leurs cannes et leur langage gestuel, rehaussé de dentelles et de plissés, était plus éloquent que la conversation elle-même.

Aude examinait la pièce hexagonale. De grandes glaces encastrées dans des panneaux d'ébène, sculptés et ouvragés de nacre, réfléchissaient cette fresque intemporelle. Les murs étaient tendus d'une soie d'un vert bronze semé de petits personnages asiatiques qu'une main experte avait soulignés d'or. De magnifiques blancs de Chine, voisinant avec des laques d'un rouge pompéien, témoignaient par leur ancienneté de la culture des collectionneurs. La pièce était plongée dans une sorte de clair-obscur semblant directement émaner d'une toile de Vermeer ! L'atmosphère qui s'en dégageait envoûtait Aude par son mystère et son harmonie. Tandis qu'elle succombait aux charmes des lieux, son guide s'inclinait sur la main de la comtesse.

À n'en pas douter, c'était bien elle ! Sa réputation de beauté n'était nullement usurpée. Elle descendit les marches et vint à la rencontre d'Aude, avec la grâce et la majesté du félin en liberté dans sa savane. Ses yeux pailletés de pépites jaunes s'étiraient jusqu'aux tempes, telles deux amandes obliques. On ne voyait qu'eux. Lorsque les deux agates se posèrent de loin sur Aude, elles semblaient aiguisées sur deux lames d'or tant leur éclat sulfureux la troubla. Aucun mannequin sur un podium n'aurait pu rivaliser avec la comtesse moulée dans sa robe de dentelle noire. Elle l'avait piquée à l'épaule d'une fleur de jade et de diamants dont les pétales entrouverts semblaient laisser exhaler son capiteux parfum.

— Madame, lui dit Aude en l'abordant, je vous exprime les regrets du baron d'Arpert. Cette malheureuse coïncidence de dates le prive…

— Ma chère, c'en est assez. Ne plaidez pas sa cause, il l'a déjà fait lui-même.

Puis s'adressant à son ami :

— Luc, le connaissiez-vous aussi besogneux ? Quel caprice !

— Ma chère Ghislaine, soyez indulgente ! Vous connaissez les exigences du Quai d'Orsay. Elles passent souvent avant celles des relations personnelles.

— L'amitié que nous lui portons me fera taire notre déception. Il nous manque à tous. Rendons-lui grâce de sa messagère. Vous méritez ses compliments et les miens. Je vous trouve bien jolie, ma chère.

— Votre réception offre un parterre de jolies femmes. Elles sont nombreuses à mériter vos éloges. À titre personnel, je n'oserai vous remercier…

Alors pour atténuer la portée de sa flatterie, la comtesse la poivra d'une piquante mise en garde :

— C'est cela. Ne me remerciez pas. La beauté est un cadeau du ciel. Méfiez-vous, il aime reprendre son bien assez vite. Ne l'oubliez jamais, le plus difficile est de savoir le garder.

Elle laissa tomber cet avertissement comme un mur invisible entre elles. Puis avec une aisance de naissance accomplie et une féminité audacieuse, elle prit le bras de son ami, l'entraînant dans son sillage en toute impunité.

Aude restait otage à côté des magots. Son bel inconnu la croisa en compagnie de monsieur de Virleye et lui jeta un regard inquiet.

— Mes hommages, madame.

Puis ils quittèrent la pièce précipitamment. Ainsi s'inscrivait l'ordre du cosmos dans l'Empire du Milieu.

Aude n'était pas comme Thésée condamnée à rester assise. Elle s'engagea dans le labyrinthe avec la volonté farouche de retrouver Luc. Cette détermination allait lui servir de fil d'Ariane.

Elle aurait bien dans ce dessein combattu le Minotaure de la Méridienne. Grâce aux dieux cléments de cet Olympe, elle en était dispensée. La gageure consistait à s'orienter au gré des lumières et de la musique qui allaient la guider aussi bien qu'une boussole.

Il n'était pas encore minuit lorsque, venant à bout de la topographie des lieux, elle déboucha au pied du grand escalier. Il était un poste de choix pour observer la ruchée qui s'activait dans le jardin d'hiver. Délimité par deux grilles de fer forgé blanc rehaussé de petits macarons dorés, il s'ouvrait sur une oasis d'arbustes et de plantes exotiques.

Étrangère à l'effervescence, Aude néanmoins en connut rapidement la cause. Accoudées non loin d'elle, deux jeunes femmes alimentaient de leurs commentaires les potins mondains de ce microcosme.

— Regarde. Voilà Axelle avec sa famille. Monsieur de Virleye accueille son frère. Quel bel homme ! Un coureur paraît-il !

— Celui qui est ambassadeur en poste à Moscou ?

— Exactement. Son épouse est d'origine scandinave. En privé on l'appelle Edelweiss. On dit qu'elle est la glace et lui le feu.

— Deux éléments pas très compatibles en effet.

Un divertissement de danses russes mit fin à ces péroraisons. Qu'il eût été agréable à Aude d'applaudir les cosaques en compagnie de son guide, de se laisser aller au rythme endiablé des balalaïkas !

Hélas, Aude était gagnée par la nostalgie des violons. Elle décida d'y couper court, et d'un mouvement préventif, elle tourna les talons. Tel un policier qui suit une piste, elle prit délibérément la direction inverse. En cas de séparation, elle avait prudemment fixé rendez-vous à Sandra devant la grande entrée. Il lui restait une heure environ. Elle allait tel Colombo, furetant de-ci de-là, à la recherche d'un indice. Il tomba de la bouche de son amie qu'elle venait d'apercevoir près d'un buffet.

— Ma chérie, t'es-tu bien amusée ?

— Follement. J'ai fait la connaissance d'Axelle. J'ai servi de traductrice à la délégation russe qui accompagnait son oncle.

Puis exhibant une boîte de caviar et une bouteille de vodka, très excitée, elle expliqua à Aude :

— Voici les cadeaux qu'ils m'ont laissés en guise de remerciements. Vous prolongerez la fête, m'ont-ils dit. Et toi, raconte-moi.

— Moi aussi j'ai été gâtée. Maintenant j'ai l'impression de me retrouver abandonnée.

— Veux-tu dire que tu as perdu quelqu'un ?

— Oui, en quelque sorte. Un homme ce soir m'a bouleversée. Il accompagnait monsieur de Virleye. Je le cherche. Je crois le voir partout. Je ne connais même pas son nom. Je sais seulement qu'il s'appelle Luc.

— Luc, dis-tu ? Attends, je crois que cela va s'arranger.

— De quelle façon ? Je t'en prie éclaire-moi !

— J'étais avec Axelle dans le jardin tropical. Nous attendions son père. Il est arrivé accompagné d'un ami. Il l'appelait Luc. Ils venaient tous deux du salon chinois.

— Ma parole, Sandra, cela ne peut être que lui !

— Il n'est pas loin. Je sais qu'il est remonté précipitamment deux ou trois fois au premier étage. Je l'ai aperçu faisant les cent pas tout près d'ici.

— Puisses-tu dire vrai ! Je te bénirai entre toutes mes amies !

— J'étais malheureux de vous avoir perdue. Je ne vous quitte plus, lui dit-il, ému, en la retrouvant.

Aude l'était encore, frissonnante même, tandis qu'ils gagnaient la terrasse nord. Un lâcher de montgolfière y était prévu. Luc était grave. Aude se gardait de rompre le silence, l'interprétant comme un aveu implicite entre eux. La foule compacte exprimait de loin son admiration sans retenue. Des oh ! des ah ! bruyants contrastaient d'une façon presque indécente avec leur pudique réserve.

Luc avait avisé un renfoncement. Tandis qu'ils se glissaient à l'abri de cette niche improvisée, la montgolfière prenait de la hauteur.

Dans le contexte de cette idylle naissante, le pressentiment qu'ils avaient l'un de l'autre semblait les soulever de terre et les entraîner dans le sillage du ballon, l'auréolant d'une poésie surréaliste. Pour chacun d'eux, il représentait secrètement l'espoir. Le ballon s'éloignait dans l'éther. Ensemble, ils le suivirent dans la péripétie de son ascension, aussi incertaine que leur avenir, jusqu'à ce que, réduit à l'état de point noir, il s'anéantisse dans la poussière des étoiles.

Perdue dans la dimension du symbole, Aude avait du mal à revenir sur terre.

Luc vint à son aide.

— Je crains que vous ne preniez froid. Rentrons, tenez, prenez ma veste.

Et d'un geste calme et naturel il enleva la veste de son smoking et en couvrit les épaules de la jeune femme.

Aude apprécia cette attention. En ces instants d'introspection, sa raison et son imagination se combattaient. Un arbitre n'était pas nécessaire tant l'une et l'autre se défiaient avec une force égale. Mais la première, refusant de laisser corrompre la quintessence de ce moment magique par les fantasmes de la seconde, les infléchit et finalement triompha.

— Il se fait tard, conclut Aude, pour se protéger. Vous avez sacrifié pour moi bon nombre d'obligations, j'en suis consciente. Je crains d'avoir tout simplement abusé de votre courtoisie. Cette soirée, loin de me laisser un souvenir éphémère, m'a réconciliée avec la vie. Il est temps maintenant pour moi de vous quitter.

Aude, de par son initiative, avait précipité la séparation. Se désavouant intérieurement, elle fut aussitôt en proie à un sourd regret. Dans un sursaut d'audace, elle donna à Luc une dernière chance qu'elle dissimula à la hâte sous une confidence lapidaire.

— Je suis veuve. L'espace de ces quelques heures, j'ai eu l'illusion de renaître. C'est en grande partie grâce à votre compagnie.

— J'en suis heureux mais ne minimisez pas vos atouts. Ils sont nombreux. Croyez-moi, votre charme opère !

— J'ai l'impression que vous me surestimez. Nous sommes ici dans un tel écrin ! Il est flatteur, tout comme vous !

— Détrompez-vous. Votre personnalité m'a tenu en éveil durant toute la soirée. Tant mieux si cette parenthèse a réussi à vous distraire.

— C'est plus que cela ! C'est un sentiment complexe. J'ai de la difficulté à me l'expliquer à moi-même ! Certains adieux sont des lames de fond qui vous entraînent vers d'impitoyables exils.

— Vous paraissez si jeune pour avoir fait déjà ce cruel apprentissage ! Mais pourquoi parler d'adieux ? Disons-nous tout simplement au revoir. La vie œuvre sans répit à notre insu. Quelquefois elle répare ce qu'elle a détruit. Ce soir elle démontre qu'elle est une machine à briser les conventions. Tenez, je suis avec vous dans une situation atypique. Pardonnez-moi de ne pas m'être encore présenté. Vous m'avez troublé, sans aucun doute, voyez-y la raison de mon incorrection. Je m'appelle Luc de Bellesfosses.

— Et moi Aude Estreval.

— Mais n'est-ce pas Ghislaine de Virleye que j'aperçois au loin ?

— Absolument, elle semble même se diriger vers nous.

— J'aspire, Aude, à vous revoir, si vous le souhaitez aussi.

Elle lui signifia son consentement. Il lui remit sa carte. L'échange scella la réciprocité de leur premier désir.

— Luc, mon ami, je vous cherche partout. Quelle idée de vous cacher ici, s'écria presque la comtesse. Sybille vous a appelé deux fois. Elle s'est faite pressante et m'a laissé entendre que c'était urgent.

— Vous connaissez ma fille aînée. Elle est curieuse et pas toujours innocente !

— Rappelez-la, Luc. Elle paraissait inquiète. Et vous, ma chère, ne le retenez pas. Revenez donc au domaine. Nous en serons ravis. Notre ami vous le fera visiter. N'est-ce pas, Luc ? Allons, décidez-vous, insista-t-elle.

Qui aurait pu lui résister ?

C'est ainsi que, drapée dans son impérieuse injonction, elle sépara Luc d'Aude.

*

Après leur rencontre à la Méridienne, Aude s'était installée dans l'attente. Vous vous en doutez bien, cher lecteur !

Si elle la goûtait dans les débuts avec une délectation secrète, elle lui inspirait au fil des jours une sournoise inquiétude.

Aude se posait mille questions, bâtissait autant d'hypothèses. Ce harcèlement, à la limite de la céphalée, alimentait d'autres symptômes dont la fébrilité et l'insomnie n'étaient pas les moindres. Si par chance le souvenir de Luc lui laissait quelque répit, celui de Charles, son défunt mari, prenait le relais. Tous ceux que la mémoire d'Aude sélectionnait ravivaient en elle une brûlante blessure. Aude était perturbée par ce contexte émotionnel. Elle sut cependant s'en affranchir dès la réception d'un message de Luc. Pour la première fois depuis leur rencontre à la Méridienne, Luc lui écrivait :

— Je serai à Paris le dix décembre. Je n'ai pas oublié la soirée que j'ai passée en votre compagnie. Pourriez-vous dîner avec moi ? Je vous attendrai à vingt heures au Flambeau. Votre respectueux Luc.

Par un contresens dont la vie garde l'exclusivité, cette date coïncidait avec l'anniversaire du décès de Charles. On était entré dans l'Avent. Cette période avait marqué la phase finale de la maladie. Arracher ce devoir de deuil à la mémoire de Charles n'était-il pas choquant ? Le jour, Aude était tentée de répondre à l'appel passionné de la vie ; la nuit la livrait aux cauchemars. Enfin apaisée au terme d'une lutte sincère, elle s'accoutuma à l'idée de ne pas différer la date de leur rencontre. Si la veille elle n'avait pas encore retrouvé son unité, c'est pourtant avec l'émoi du premier rendez-vous qu'elle franchit le seuil du restaurant.

L'endroit était fréquenté par une clientèle jeune, soucieuse d'intimité et de qualité. Luc vint à la rencontre de la jeune femme. Aussitôt, la pulsion du désir, agissant comme un puissant levier, transgressa l'interdit. Ils prirent possession l'un de l'autre dans l'étreinte de leurs regards. Le rapport au temps fut bouleversé. Les mois qui les avaient séparés furent abolis. Charles reposait en paix et Aude, sans le savoir encore, naissait à la vie dans cet instant face à cet homme.

— Je vous ai imaginée bien souvent depuis notre rencontre à la Méridienne : j'ai une excellente mémoire. Je me souviens de tout. Avec vos cheveux blonds relevés en chignon, vous ressembliez à un modèle de Marie Laurencin. Vous portiez un long tailleur du soir et une blouse en mousseline. Vous m'avez impressionné. J'ai fait de vous un portrait à l'aquarelle.

— Quelle femme ne serait flattée d'un tel hommage ? J'ai une sœur qui a beaucoup de talent. Elle prépare une exposition. Peignez-vous souvent ?

— Trop rarement hélas ! J'étais sous la dépendance de votre image et j'ai repris mes pinceaux. Si j'avais été potier, l'argile aurait épousé vos formes de la même façon. En vous recréant, je n'ai fait que reconstituer mon rêve. Il a soutenu mon quotidien.

— L'interrogation a nourri le mien. Elle était le seul lien qui me rattachait à vous. Mais pourquoi avoir tant tardé à manifester votre intérêt ? Cela m'intrigue. Vous en conviendrez. Je ne sais pas grand-chose de vous. Peut-être étais-je trop impatiente de vous revoir, tout simplement.

Elle lâcha cette dernière remarque avec la témérité d'une jeune veuve qui, intimidée, manipule les aveux avec autant d'inexpérience que la nouvelle recrue ses armes. Appréhendant la réaction de Luc, elle attendit les conséquences de ses avances.

La réponse de Luc la dérouta, car elle contourna l'objectif.

— Je vous suis très reconnaissant d'être venue ce soir. Je n'étais pas certain que vous accepteriez mon invitation.

— Pourquoi ?

— Il y avait de fortes probabilités il est vrai. Mais vous êtes encore très marquée par le drame que vous avez vécu.

— Ma conduite vous paraît-elle illogique ?

— Vous n'êtes pas sortie de la période de deuil. Je pressens que cela va prendre encore du temps. C'est une raison suffisante et vous n'auriez pas eu à vous justifier.

— Je vous l'avoue. Ce fut un grand malheur. Ma vie a basculé en trois semaines. J'ai lutté jusqu'à la fin aux côtés de Charles, mais j'avais surestimé ses forces.

— Votre époux était chirurgien ai-je entendu dire ?

— En effet. Ses confrères neurochirurgiens ont tenté l'opération. Charles était atteint d'une tumeur fulgurante au cerveau. C'était sa dernière chance. Elle a échoué. Je me suis révoltée contre le monde entier.

— Vous n'avez pu encore vous résigner.

— C'est vrai.

— C'est une façon de confirmer votre solitude du cœur.

— Elle est aussi un voyage initiatique. Elle m'a appris à convertir les épreuves en leçons de vie. Mon regard était plus dogmatique. Il n'y a pas de cécité heureuse. Charles était réaliste. Il affrontait chaque jour la dureté du champ opératoire. Il excellait dans son métier. Il le servait avec des qualités reconnues de tous.

— Il était un être d'exception.

— Sans aucun doute.

— Je comprends qu'il vous soit si difficile de l'oublier.

— Mais venons-en à vous. J'ai cru comprendre que vous aviez des enfants.

— Oui, deux filles. J'ai perdu mon épouse lorsqu'elles étaient toutes petites. Je suis veuf depuis sept ans.

— Pauvres petites ! Déjà orphelines. Quel drame ! Je ne savais pas.

— Béatrice, leur mère, allait chercher l'aînée, Sybille, à l'école. La route commençait à verglacer. Un camion est arrivé en sens inverse. Le chauffeur a perdu le contrôle. Vous imaginez le choc, le rapt de cette vie et ses multiples conséquences sur les nôtres. Les problèmes matériels et affectifs ont été notre lot quotidien. Bien sûr, ils ont forgé le caractère de mes filles. Elles ont fait face avec beaucoup de courage, mais elles m'ont annexé ! Croyez-moi, ma vie n'est pas enviable. Je vous laisse deviner ce qui se passe dans les coulisses.

— Vous êtes soumis à un défi permanent mais il porte en lui sa récompense. Vous avez des regrets d'homme, j'ai des regrets de femme et de mère. Je me suis retrouvée doublement seule.

— Si j'ai bien compris, vous n'avez pas d'enfant ?

— À la puberté, Charles avait contracté les oreillons. Cette maladie l'avait rendu stérile. Il n'a jamais su à quel point j'en ai souffert. Je ne voulais pas accentuer le traumatisme. Le sujet était devenu tabou entre nous.

— Comment avez-vous fait pour surmonter cette déception ? Vous la portiez constamment en vous.

— L'âge de Charles y a contribué. Il était de quinze ans mon aîné, l'ami de mon frère Franck. Ma famille le considérait comme l'un des siens. Mon père le traitait comme son deuxième fils. J'ai épousé Charles lorsque j'avais dix-huit ans. J'avais perdu mes deux parents. Charles était le substitut de mon père, mon héros, par défaut. Certaines émotions n'avaient pu être vécues. Il les a libérées. J'ai entrepris mes études de pharmacie. Charles m'a constamment encouragée. Il était par nature à l'écoute des autres.

— Et de vous en particulier. Il vous avait comprise. C'est une chance immense, peut-être même irremplaçable.

— Il me protégeait. Grâce à lui l'existence était si douce. C'était un privilège. Je lui en serai toujours reconnaissante.

Luc s'était tu. Il paraissait déconcerté. Tout à coup Aude regretta ses confidences qui donnaient l'avantage à Charles et compromettaient l'avenir de cette nouvelle relation.

Le serveur enleva les couverts dans un cliquetis d'argenterie. Ils étaient bien assis à leur table, les deux revenants qui retenaient Aude et Luc en otages ! Ombres jalouses, elles paralysaient leurs élans Quel poids avait donc leur attirance irrésistible face au passé ? N'était-il pas un rocher impossible à déplacer ?

Luc aussi déchiffrait sa vie. Elle était entièrement axée sur le présent pour la survie de ses filles. Elle exigeait une disponibilité et une complicité sans faille pour guider la course hors de l'impasse. N'y avait-il pas aussi la peur incontrôlée d'un nouvel engagement ? Celle que ressentait Luc lui commandait la retenue… Combien la réalité était-elle trompeuse ! Sur l'allée de la Méridienne, Luc n'avait pas vu l'ombre portée de Charles. La Méridienne aime l'amour et s'était donnée aux deux enfants terribles. Elle avait déroulé sous leurs pas ses tapis tissés de fleurs écarlates, aux parfums aphrodisiaques. Présentement elles étaient fanées, les fragrances volatilisées, et ne laissaient place qu'à des couronnes de chimères. Toutes ces réalités nouvelles se télescopaient en chacun d'eux.

— Je vous ai bien ennuyée, Aude. Je rends hommage à votre patience. Vous avez besoin d'un homme fort, sans charge, à vos côtés. Il viendra, j'en suis convaincu, et vous enlèvera sur son coursier blanc.

Il prit la main de la jeune femme et la recouvrit de la sienne, comme s'il voulait protéger un oisillon blessé. Aude ne sut laquelle des deux tremblait. Dans ce contact charnel, elle s'entrouvrait aux mystères d'un monde jusque-là ignoré. Elle cédait à ces attraits enchanteurs avec les dons refoulés de sa jeunesse. Déjà, elle obtempérait aux images subliminaires de son imagination et, en rêve, elle suggérait au magicien :

— Pégase est-il devant la porte ? Je consens à suivre le plus vaillant des chevaliers s'il me le demande. Emmenez-moi hors de ces frontières, le plus loin possible. Je vous en prie, allons à Jérusalem.

— Jérusalem ! Ce n'est pas assez loin. Partons pour un rivage inaccessible. Tenez, sur mon coursier ailé, prenons la route de Tyr que l'on qualifie de mythique. Dans cette ville aux triple murailles, vous serez, Aude, la seule au cœur de l'avenir. Là, j'inventerai pour vous le plus beau des cantiques chanté par les cigales d'amour.

Insouciants, ils chevauchèrent tard dans la nuit, dangereusement dans cette fabuleuse contrée, de virage en virage, de vallée en précipice, mais toujours face à l'horizon prénuptial. Sous cette ligne sans repères, le passé embrasé comme le soleil s'enfonçait lentement, déflorant l'hymen voluptueusement.

Malheureusement, ils n'étaient plus seuls au monde. Le maître d'hôtel vint les tirer de leur vertige et les ramena à la réalité. L'établissement fermait. Luc ne désirait pas être raccompagné à son hôtel. Il demanda à Aude de le laisser tout simplement à une station de taxis.

— Il y en a une tout près d'ici, lui dit-elle. Elle se trouve juste devant ma pharmacie. Je vous y conduis.

— C'est curieux, lui lança-t-il avec un sourire amusé lorsqu'elle lui désigna les vitrines d'angle, je ne vous imaginais pas en femme d'affaires.

La réaction de Luc l'étonna mais il était trop tard pour approfondir le sujet. Le chauffeur en faction l'avait reconnue.

— Madame va bien ?

— Oui, Léo, très bien.

Là sur le trottoir, devant ce témoin gênant, ils abrégèrent les adieux.

*

Aude trouvait le plus grand bénéfice à se promener en forêt. Elle descendit donc. Bien que la végétation en fût clairsemée, elle s'enfonça joyeuse en compagnie des arbres.

Ils étaient ses amis. Au fil des saisons et de ses états d'âme, elle les avait connus dans tous leurs atours : aujourd'hui sentinelles frileuses, bientôt squelettes souffreteux dans les gelées hivernales, au printemps gringalets bourgeonnants et acnéiques, fiers de leurs moustaches de mousse ; en été, serviteurs zélés dans leurs habits de gala brandissant leurs hampes vertes, offrant sous leurs ombrelles aux promeneurs reconnaissants leur protection rafraîchissante ; à l'automne, vétérans arrogants galonnés d'or et de pourpre. Aude cédait toujours à la tentation d'effeuiller quelque marguerite effarouchée et d'attendre anxieuse de la pythie l'oracle d'amour, ou encore d'admirer une châtaigne laquée se protégeant chastement derrière le bouclier de sa bogue. Souvent, elle décorait la maison de quelque branchage insolite ou thématique. La forêt lui offrait toujours un cadeau selon sa bourse saisonnière, car Aude savait lui porter attention et déchiffrer son langage secret.

Aude aurait pu naître dans la forêt : tel un papillon, propriétaire ivre, survolant ses terres à tire-d'aile. Pourquoi pas un escargot indolent, écrasé par des talons méprisants. Si par malchance elle avait vu le jour limace, Aude aurait eu du mal à supporter son état tant cette bestiole est répugnante et fait peur aux enfants. Elle aurait pu aussi être une sauvageonne pourchassée, se mettant à l'abri des humains dans les fourrés généreux, ou bien une fille de bûcheron, fière d'accompagner son père, admirant, silencieuse, la grume sur la coupe. Peut-être encore une botaniste éprise de nature, attentive comme une jeune mère aux frémissements de la terre. Plus vraisemblablement, Aude aurait dû être une déesse sylvestre, telle la phalène nocturne, qui dédie son ballet au clair de lune.

Et puis, ce qu'il y avait de plus important, c'est qu'Aude était en analyse avec la forêt. À l'abri des regards indiscrets, au centre d'une perspective ouverte, la forêt lui offrait le plus déconcertant des divans.

Avec bien des égards, et pour rester à l'unisson des états d'âme d'Aude, la forêt sélectionnait pour sa protégée plusieurs modèles, à l'aide de ses références chromatiques.

Tantôt le divan était habillé d'une cretonne gaie et fleurie qui euphorisait Aude de vibrations toniques. Tantôt il était recouvert d'un lourd velours de Gênes qui l'électrocutait de ses camaïeux verts et l'enivrait d'espérance. Tantôt il pouvait être caché sous un calicot grossier qui ressemblait à la bure, et Aude se coulait aussitôt dans la haire du pénitent. Il pouvait aussi être enveloppé d'un duvet grivelé sous lequel, fœtus, elle aurait aimé se recroqueviller. Enfin, lorsque le divan était dissimulé sous quelque fibranne sombre ayant l'apparence d'un crêpe fruste, Aude l'identifiait à un corbillard aux couleurs du deuil et du désespoir.

Aude confiait tout à la forêt: ses chagrins, ses angoisses, n'importe quel jour, à n'importe quelle heure. Elle lui avouait ses secrets, mais aussi ses joies et ses espoirs. La forêt devinait ses déceptions et ses interrogations. Elle était toujours disponible pour Aude. Elle l'écoutait en silence. Elle accordait à son monologue une attention unique, le ponctuant çà et là de borborygmes sémantiques, autant de garde-fous aux surcharges émotionnelles de sa jeune amie.

Ce n'étaient pas deux ou trois, mais mille oreilles dissimulées dans les cavités intimes de la forêt qui traquaient les non-dits d'Aude, mille yeux doux et bienveillants qui scrutaient les tensions sur les traits de la jeune femme. Elle savait tout et voyait tout. C'est qu'elle n'était pas née d'hier, la forêt, et qu'elle s'était forgé une sagesse. Son éthique séculaire consistait à se taire ! Mais si la forêt avait levé ses interdits, elle aurait livré à Aude sa réserve d'histoires et d'anecdotes incunables, tirées de son grimoire ancestral. Elles étaient toutes véridiques. La forêt pourrait le jurer sur la Bible. Il y en avait de drôles, de sordides, de vulgaires, d'affligeantes, de déplorables, de consternantes et même de salaces que sa morale lui interdirait de raconter à un eunuque ou même à un chien errant, tant Satan en personne semble être l'auteur de ces orgies.

Aude l'aimait tant, sa forêt, qu'elle voulait la choisir comme ultime demeure, afin qu'elle enchâsse dans ses palpitantes profondeurs sa dernière Belle au Bois dormant.

Aujourd'hui, tel Pangloss, Aude se sentait optimiste au sein de ce panthéon hospitalier. L'heure n'était plus à combattre les tentacules d'une sauvage introspection. C'était son avenir qu'elle devait mettre sur orbite. La promesse qu'elle venait de faire à Laure lui servait d'aiguillon. Tout à coup, distraite par cette fulgurante évidence, Aude trébucha sur un rondin humide. Elle se releva et jeta des regards étonnés autour d'elle, soudainement consciente d'une tout autre atmosphère. Au détour d'un charmant sentier, grâce à quelque machiniste doué, la forêt présentait maintenant, à l'orée d'une clairière dépouillée, un tréteau inattendu, constitué de troncs coupés et de branchages épais. Aude se projetait sur cette scène improvisée, cernée de palées et de stères, témoins muets d'une notable assemblée. Elle se tenait face à Luc, unique spectateur égaré dans ce rustique décor. Elle se jetait dans une plaidoirie interminable avec la fougue d'un éloquent tribun. Elle allait de long en large, répondant aux objections de Luc, peaufinant ses arguments, afin de convaincre le plus récalcitrant des procureurs.

Ce n'était pas un exposé facile. La voix d'un souffleur, camouflé dans quelque hutte proche, répétait inlassablement : *« Prends patience, Aude. Luc t'aime. Ne le heurte pas. Il est vain de le brusquer. Il est un père étouffé de scrupules. Prends patience. Comprends-le. Sois patiente, Aude. »*

Sourde à la raison, elle redoublait de véhémence et de passion. Comme un redoutable plaideur, sa longue cape de drap sombre lui battait les flancs. Ses bras alourdis de l'ampleur des plis brassaient l'air telles des ailes nerveuses. Puis, à l'aide d'un mince bâtonnet, elle tisonna le sol sablonneux. À travers les transparentes volées atomisées de terre, elle débusqua, enveloppée de sa rêverie, une fragile image.

Aude était assise à côté de Luc devant l'âtre des Dunes. D'une main, il attisait les braises incandescentes du foyer agonisant. De l'autre, il tenait celle d'Aude. Dans l'angle et sous des traits assez flous, une silhouette qu'elle identifiait à celle d'une femme les scrutait.

Elle en était là de ses méditations, lorsque des gouttes larges et espacées vinrent délaver sa projection chimérique. Alors, surgie de nulle part, une araignée, anachorète qu'elle avait probablement dérangé dans sa retraite, vint taquiner un petit miroir d'eau et s'y poser. Aude allait mettre en disgrâce l'épeire, cet étrange ornement de la forêt, lorsque les paroles de sa mère, soucieuse jadis de calmer ses peurs enfantines, revinrent à sa mémoire, en une fidèle anamnèse :

« Araignée du matin, chagrin,
Araignée du midi, souci,
Araignée du tantôt, cadeau,
Araignée du soir, espoir. »

Pourquoi démentir le dicton ? De quel droit Aude porterait-elle l'anathème sur cette créature du Bon Dieu ? N'endurait-elle pas courageusement sa laideur en l'exposant au regard des promeneurs ? Après tout, n'était-elle pas chez elle, ici ou là ?

À peine ses interrogations étaient-elles retombées, que déjà l'abdomen ampoulé, gorgé de liquide, s'éloignait du site dangereux. La pluie se fit alors arrogante. L'averse dégrisant l'imagination de la jeune femme, Aude fut brutalement connectée à la réalité. Elle hâta le pas et rentra. Elle avait fait l'inventaire de toutes les hypothèses. N'avait-elle pas envisagé toutes les situations, contrecarré tous les refus de Luc ?

« Oui » se répondit-elle, rassurée dans son intime conviction. *« Luc ne peut qu'accepter l'invitation de Laure. Maintenant, je vais livrer l'assaut. »*

Pour fourbir ses premières armes, Aude décida d'utiliser la séduction. Elle ignorait toutefois les finesses de la ruse féminine et ses objectifs. Elle aurait pu tirer les plus grands avantages d'une stratégie bien élaborée, évoluant au gré des situations, si, jeune, elle avait été confrontée à la nécessité des subtilités tactiques. Aude plaisait naturellement sans effort ni calcul. D'une fraîcheur exquise, elle était restée ingénue, et cela la rendait vulnérable.

Ce n'est pas avec Charles son époux défunt mais avec Luc qu'elle avait eu la révélation de l'amour dans toute sa plénitude. Si ce dernier avait éveillé les sens endormis d'Aude qui lui en était reconnaissante, Luc, lui aussi très épris, avait avoué à Aude qu'il ne pouvait se passer d'elle. Leur couple, libéré des ravages que génèrent les rapports de force déséquilibrés, épanouissait les deux amants épris d'absolu, démunis devant la force déferlante du torrent.

Luc était très sensible à la beauté. Elle était l'expression même de son désir. Il appréciait qu'Aude rehausse l'éclat de sa carnation de quelque bijou. Elle choisit un collier de perles à l'orient rosé, sa parure préférée. Quant à la maison, elle accueillerait Luc avec toute la douceur de son confort.

Aude put juger sa mission bien remplie lorsque Luc y arriva, car même le plus volage des Casanova aurait eu envie de se poser dans ce nid douillet. Réfugié dans ce sanctuaire, il aurait, dans un élan profane, fait sans plus attendre le serment de ne jamais l'abandonner. Aude avait dressé la table dans la petite salle attenante au salon, plus intime.

« Si je sers le souper à mon roi, je n'aurai pas, pensa-t-elle, *à défaillir de honte comme Vatel, devant sa mortelle bévue ».*

Le moment venu, elle recueillit les fruits de ses attentions aimantes car Luc s'y montra sensible.

— Ma chérie, tu ne peux imaginer combien je suis touché par tout ce que tu fais. Tu y mets tant de grâce et de goût. Tout autour de toi respire l'harmonie. Ma vie à moi n'est que désordre. Elle est déréglée. Je voyage beaucoup trop. Sybille a pris les rênes en main depuis le décès de sa mère. Je ne peux exiger plus. Mes filles sont encore très jeunes, et pourtant, elles savent déjà tout faire. Claire est en train de me tricoter un pull.

— Ce sont autant de preuves d'amour.

— Oui, bien sûr. Auparavant, mes devoirs envers elles me distrayaient de toi. Maintenant tu m'habites et toi seule me donnes la force d'exister. Je ne comprends plus ou plutôt, je le sais trop bien. Je me sens apatride dans ma propre maison. Ma vie est ici. Aude tu es ma fée, je ne peux plus vivre sans toi.

Il prononça ces derniers mots avec une sobriété contenue avec peine. Il abaissa son regard alourdi d'une tristesse indéfinissable sur un espace vierge de la nappe, comme s'il voulait se délester d'un fardeau. Sa voix sensuelle était plus gutturale encore. Son timbre, kaléidoscope sonore, entraînait Aude sur les gammes sensibles de son trouble. En ces instants de vérité, Luc semblait avoir inventé des portées plus lourdes, capables de soutenir sa pudique déclaration. Le temps pouvait bien suspendre sa course. Luc était peu prolixe, Aude le savait. Pourtant, en ce moment précis, un gemme fou comme le fol espoir cristallisait dans son aveu. Il était le brillant que la promise porte à l'annulaire. Aude, anticipant imprudemment un avenir commun, lui répondit.

— Chéri, je t'aime tant. Ton absence aussi me devient insupportable. Mais je te fais confiance. Nous trouverons une solution à tous ces problèmes. Regardons-les avec lucidité : tes filles, ta profession, la mienne, ne sont pas des obstacles insurmontables.

— Ils ne sont pas à minimiser pour autant. Peut-être en existe-t-il d'autres que tu ignores !

Elle se leva et, incrédule, posa ses deux mains sur la bouche de Luc. Avec une douceur infinie, il répondit à son approche. Confiants, ils s'abandonnèrent aux forces magiques du crépuscule.

*

Aude était maintenant lovée dans les courbes d'albâtre de Luc. La complicité viscérale et saine qui les enchaînait l'un à l'autre pendant l'amour se doublait aussitôt après d'une tendresse presque palpable dans des états de parfaite complétude. Aude avait tourné la tête pour regarder Luc, comme si elle ne voulait rien perdre qui ne fût de lui. Il dessinait de ses doigts le corps de la jeune femme, et les arrêta sur sa taille cambrée.

— Avec ton bronzage persistant, tu ressembles à un tanagra. Je suis ému d'être auprès de toi. Tu es si belle.

— Chéri, c'est toi le magicien. Grâce à toi je le suis plus aujourd'hui qu'hier et moins que demain.

Luc, avec ses traits réguliers et énergiques, sa calvitie hippocratique, sa virilité exposée et ses muscles tendus, s'apparentait à une statue grecque.

— Toi, tu es Apollon. Tu l'as échappé belle ! On t'a trouvé dans un champ de Béotie près de la fontaine aux Muses. Tu étais allongé près de moi. Je te dissimulais sous mes cheveux.

Pour actualiser l'antique fouille, Aude s'improvisa archéologue d'amour. Elle rassembla son épaisse chevelure et recouvrit le torse de Luc de ce rideau d'or. Elle se fit zéphir du désert. D'un souffle chaud et régulier, elle parcourut le corps de Luc frissonnant sous la savante caresse. Il était bien vivant l'Apollon sur sa couche de sable ! D'un baiser fougueux, elle différa le suprême plaisir. Puis, d'une main presque maternelle, elle s'attarda sur son crâne tiède et juvénile, marbré par endroits de quelques grains de jaspe, qu'une pioche maladroite avait mutilé de ses boucles de pierres. Soudainement distrait, Luc joua comme un bébé avec les longues franges miellées de soie. La jubilation se lisait dans ses yeux étonnés. Ses lèvres s'entrouvraient sur deux fossettes enfantines. Luc avait vingt ans…

*

Par un matin glacé, Aude se rendit au rendez-vous que lui avait fixé sa sœur. Elle l'aperçut de loin, assise sur la banquette ivoire de la brasserie. Son visage affichait la confiance sereine d'une personne assurée de voir apparaître l'être cher. Avant même d'avoir franchi les derniers mètres qui les séparaient, Aude était déjà spirituellement à ses côtés. Les élans d'affection que son sang refrénait témoignaient du nœud gordien qui les unissait. Richard, son beau-frère, avait à maintes reprises tenté de le trancher, sans jamais avoir eu la chance d'Alexandre. Aude taquinait la jalousie de Richard dans une joute fraternelle :

— Je sais que tu es la moitié de Laure. Mais n'oublie pas que moi je suis son sang. Quoi que tu dises, quoi que tu fasses, que tu le veuilles ou non, il en sera toujours ainsi.

Aude et Laure étaient complices. Richard, beau joueur, se détournait de leurs rires joyeux. Elles le poursuivaient jusqu'à l'entrée de sa chambre et l'enfermaient dans leur ronde impertinente.

Aude ne savait lequel des deux était la bougie ou la flamme, mais ils étaient le prolongement l'un de l'autre. Aussi Aude se réjouissait-elle, ce matin, de l'air détendu de sa sœur.

— Richard est immergé dans une monographie de Mary Skeaping. Il est sous le charme de cette célèbre danseuse anglaise qui a contribué par ses nombreuses études à la reconnaissance des ballets de cour. Richard vient d'être pressenti pour publier sur cette période des XVIIe et XVIIIe siècles. En tant qu'ancien critique musical, il est toujours la référence. Il part pour Londres, invité par le directeur artistique de l'Institut chorégraphique.

— Justement, je n'oublierai jamais la Giselle du London Festival Ballet.

— Le ballet était fidèle à la chorégraphie originale. Le chef-d'œuvre romantique par excellence !

— Oui, nous avions vécu un moment d'exception. Les drames d'amour nous bouleversent toujours, surtout lorsqu'ils sont transcendés par le rêve !

— Il convient néanmoins de démasquer la lâcheté et de débusquer l'illusion. Ce sont les artifices des êtres faibles. Il n'y a que l'art pour en faire des héros. Mais parlons plutôt de Luc et de toi. Qu'avez-vous décidé ? Serez-vous des nôtres pour Noël ?

Aude se trouvait sous le feu de son interrogatoire.

— Nous n'avons pas eu le temps d'en discuter.

— Ce n'est pas sérieux. Dis-moi plutôt que tu éludes la question. Peut-être ne la poses-tu pas à Luc par crainte de sa réponse ?

— Luc m'a donné une gemme d'espoir. Il m'a fait un aveu. C'est un cadeau.

— Aude, quel est le sens de ce rébus ? Quelle gemme, quel aveu, quel cadeau ? Sois plus précise ! je t'en prie !

Aude aurait volontiers entraîné sa sœur dans le labyrinthe de son imaginaire. Mais Laure la ramena brutalement à la réalité presque hostile de la salle enfumée !

— Luc est tributaire de son passé. Il doit se consacrer avant tout à ses filles. Tu connais les circonstances. Il n'est pas Albrecht pour autant !

L'association d'idées était malheureuse, mais Aude l'avait faite. À quel mécanisme psychique inconscient avait-elle répondu ? Aude l'ignorait mais éprouva aussitôt un trouble. Laure, objective quant à elle, suivait sa pensée, et n'avait pas fait le rapprochement avec le héros de *Giselle*.

— Je suis d'accord. Il reste néanmoins avec deux filles à élever. Soupèses-tu la lourdeur de la tâche et l'abnégation qu'une telle situation implique ?

— Cela ne met pas pour moi Luc en état de disgrâce. Le destin n'a pas voulu que je sois mère. Tu sais combien j'en ai souffert. Il me dédommage en m'offrant cette nouvelle famille.

— La situation sera toujours délicate. Je peux te citer bien des exemples. Je ne veux pas que tu sois malheureuse. Le chemin bordé d'épines n'est pas la voie royale. Hélas, je crains que tu n'empruntes celui-là !

— Pourquoi envisager le pire ? Je suis optimiste malgré tes craintes.

Elles étaient tendues l'une et l'autre. Nerveuse, Laure fumait cigarette sur cigarette. Aude se reprocha de l'avoir inquiétée. Elle attira alors l'attention de Laure sur une silhouette androgyne. Son affublement excentrique et asexué choquait dans cette atmosphère plutôt conventionnelle. Laure la suivit d'un regard amusé. L'inconnue vint s'asseoir tout près d'elles. Le silence se fit autour des tables voisines. La diversion opérait comme au théâtre, on était dans un autre univers : le rideau se levait sur *« Intermezzo »*.

*

Les conversations téléphoniques des deux amoureux étaient les lots de consolation de leurs éphémérides avares de largesses. La joie dominicale en était l'acmé. Ils l'attendaient avec toute l'impatience de deux matelots qui vont enfin jeter l'ancre après une longue absence. En effet, par la magie des ondes complices, Tyr l'unique resurgissait de ses eaux opalescentes. N'étaient-elles pas baptisées par le Livre, la grande mer, orgueilleuse d'avoir porté les flottes du roi prophète ? Ce matin Aude avait rendez-vous avec Melkarh, dans le fameux temple qui lui est dédié et où nul étranger n'a le droit de pénétrer. À la consternation d'Aude, il prit les traits innocents d'une petite fille.

— Bonjour.

— Bonjour. Je voudrais parler à monsieur de Bellesfosses.

— Il n'est pas là. Il est parti hier soir. Mais qui le demande ? Je suis sa fille Claire et vous, comment vous appelez-vous ?

— Je m'appelle Aude.

— Ah oui, je vous connais très bien.

— Vraiment ?

— Papa m'a montré votre photo. Elle est dans son portefeuille. Vous êtes belle.

— Moi aussi je te connais, ainsi que Sybille. Je sais que tu tricotes un pull à ton père. Il en est très fier.

— Papa vous l'a dit ! Ce matin aussi, j'ai fait une tarte au potiron. C'est son dessert préféré. Je viens juste de la mettre au four.

— Je suis très gourmande également.

— Dans ce cas, je pourrai vous apprendre à la faire. C'est une recette ancienne. Vous verrez c'est très facile. Je donnerai à papa la liste de tout ce que vous devez acheter.

Puis elle ajouta, comme si elle devait la réaliser dès le lendemain :

— Vous pouvez déjà vous procurer le potiron. Ce n'est pas cher et il se conserve très bien.

Tout cela était énoncé sur le ton assuré d'une petite ménagère économe, avisée des prix du marché. Il contrastait singulièrement avec le babillage adorable qui venait enchanter les oreilles d'Aude.

Il n'était que gazouillis, pépiements et roucoulades, à un point tel qu'un oiseau des îles semblait être au bout du fil. Aude fut immédiatement sous le charme du sémillant serin. Il semblait joyeux et léger, sautillant malicieusement de branche en branche. Sa mélodie étonnait Aude à un point tel qu'elle lui donnait envie de le suivre irrésistiblement.

— Je suis d'accord Claire, mais à une seule condition.

— Ah bon laquelle ? dit-elle avec le ton prudent d'un colibri échaudé qui s'isole sur un autre perchoir.

— Eh bien, je voudrais que nous la fassions toutes les deux en cachette pour Noël. Bien entendu nous la dégusterons tous ensemble, sans oublier une grande bûche au chocolat.

— C'est génial ! Mais papa ne nous a pas dit que vous passeriez Noël avec nous.

— Claire, je vous invite. C'est la surprise que je voulais faire à ton père.

— Vous invitez aussi ma sœur Sybille ?

— Naturellement, et on s'amusera beaucoup. Le programme vous plaira j'en suis sûre.

— Je vais écrire tout de suite à Camilia que moi aussi je suis invitée à Paris. Elle y va tous les ans. Elle est Italienne. C'est ma meilleure amie.

— Je vois que tu as beaucoup à faire, Claire. Dis à ton papa que je l'ai appelé.

— Je lui transmettrai votre invitation.

— Oui bien sûr. Je t'embrasse très fort, Claire.

— Moi aussi madame. J'espère vous revoir bientôt.

*

Les cloches de la cathédrale pouvaient sonner et toutes celles du Vatican se déchaîner, qu'elles n'auraient pas réussi à transporter Aude au paradis aussi sûrement que ne le fit l'oisillon dans sa vallée des Merveilles. Dieu pouvait pointer son doigt accusateur sur sa brebis égarée. Les yeux dessillés d'Aude se détournaient de son regard autoritaire. Elle irait bien assez tôt reposer à l'ombre austère de ses ancêtres cévenols dans le cimetière privé bordé de châtaigniers. Un des siens avait même payé de sa vie les intransigeances de sa foi. La tour de Constance l'attestait. La révolte d'Aude sourdait. Jeune veuve à peine à l'aube de la maturité, elle était bien décidée à s'affranchir du joug exigeant de ses gènes. La vie la sollicitait à nouveau. Elle invitait Aude à substituer à la logorrhée hypothétique de l'invisible un hymne au temps présent et à le glorifier. Comme le tançait Luther du haut de sa chaire :

« Chantez mes frères, le chant équivaut à deux prières. »

N'était-elle pas dans la ligne voulue par le prédicateur ?

Aude, désormais, s'en remettrait à Luc. C'était lui le bon pasteur. Il la guiderait vers l'Éden terrestre, le tangible, celui qui témoigne des réalités de ce monde. L'épanouissement aurait raison de son mal-être existentiel depuis le décès de Charles, et de la vacuité de sa vie affective.

Existait-il véritablement une mission plus gratifiante que celle de rendre heureux Luc et ses filles ?

Durant les heures qui s'écoulèrent, Claire avait volé la vedette à son père.

Lorsque Luc appela Aude dans la soirée, elle ne tarit pas d'éloges.

— Chéri, quelle adorable enfant tu as ! Quelles intonations ! On croirait un oiseau dans une volière.

— Elle est surtout très excitée par ton invitation. D'ailleurs elles le sont toutes les deux. Claire n'a pu fixer son attention sur ses devoirs. Sa grande sœur l'a giflée. Elle a la main leste ! J'ai dû intervenir. Elles se sont couchées très tard. Pauvres petites ! Elles n'ont pas la vie facile.

— Crois-moi Luc, nous approchons du but. Gardons confiance. C'est la base même de notre réussite. Bientôt nous n'allons faire qu'une seule famille. Nous fêterons Noël aux Dunes.

— Ce n'est pas si simple hélas ! Il faut que nous parlions longuement. Tu dois tout savoir. Toi seule jugeras ; tu décideras en conséquence.

— Je te trouve bien mystérieux tout à coup. À tes côtés, je n'ai peur de rien.

— Notre bonheur est entre tes mains. La poursuite de notre relation aussi.

— Je suis obstinée et le mets au-dessus de tout. Il est la plus saine des émulations. Alors pourquoi t'inquiètes-tu ?

Elle l'entendit soupirer, puis après une pause il enchaîna :

— Ce soir, j'ai dîné seul devant ta photo. Tu me manques. Je t'aime Aude. Je t'aime.

— Je t'aime Luc.

*

Une fois de plus, Luc avait différé sa venue. Aude, imprudemment, anticipa sa réponse. À la perspective du grand jour, elle fit une liste. Elle rajoutait rubrique sur rubrique, afin que rien ne fût oublié. Cet événement allait sceller, dans la ferveur de la crèche, la Nouvelle Alliance. Aude devait le rendre inoubliable. La décoration du sapin, les santons, la table, le marché, le menu, sa toilette, Aude s'intéressait au moindre détail. Et puis, il y avait les cadeaux. Luc avait une très belle situation mais aussi de lourdes charges. Son budget était consacré en priorité à l'éducation de ses filles. Luc vivait dans une vaste demeure, passablement délabrée, qu'il restaurait de ses mains. Par ailleurs, il avait hérité, en indivision avec une cousine âgée, d'un petit manoir en mauvais état. Cette grande dame du fleuron familial, maniaque, était bien contente d'y loger avec ses nombreux chats. Aude espérait aller bientôt chez Luc, tout en restant consciente des difficultés du contexte.

Le vœu d'Aude était de faire oublier aux enfants que leur père n'avait pas les moyens d'être très généreux. Si José, le jardinier, allait jouer au père Noël, c'est elle qui se chargerait de remplir la hotte. Pouvait-elle imaginer plus belle récompense que les yeux éblouis de Sybille et Claire ? Leurs rires joyeux ne lui rendraient-ils pas sa largesse au centuple ?

Aude n'était pas pour autant sans soucis financiers. Elle remboursait à l'aide d'un travail acharné, depuis le décès de Charles, les lourdes échéances de la pharmacie. Seule, son train de vie actuel était beaucoup moins lourd. Tout compte fait, elle serait encore leur débitrice.

La mémoire d'Aude n'était pas défaillante. Le soir, dans son lit, elle récapitulait la genèse des faits. Tels des éclairs, ils zébraient de leur pertinence l'obscurité de la nuit.

En admettant que les projets du baron d'Arpert à la Méridienne n'aient pas été contrariés, Aude l'aurait eu pour cavalier. Elle pouvait remercier la providence puisque, secrètement, elle lui destinait Luc. N'avait-elle pas manipulé le baron en le déplaçant comme un pion sur l'échiquier de ses desseins ? Le diplomate avait dû se rendre au Caire, puis à New York pour une mission des plus urgentes. Il avait beau être un personnage écouté des chancelleries, il ne faisait pas la loi. Par habitude, il aimait soumettre avec l'autorité de ses quartiers de noblesse ; on chuchotait même dans les milieux concernés que lorsque son regard, telle une faux, parcourait l'assistance, il valait mieux qu'il vous ignore plutôt qu'elle ne s'abatte sur vous. On vous mettait en garde contre la lame tranchante de son verbe. Elle pouvait vous décapiter et vous rendre muet à jamais.

Lorsqu'il avait quitté Aude la veille de son long périple, le vieux renard avait rendu son oracle en ces termes :

— Très chère, je déplore de vous fausser compagnie. Votre chevalier servant redoute que vous ne vous fassiez enlever, peut-être même plus vite que sa filleule. Tenez, ayez donc la bonté de remettre ce pli à la comtesse de Virleye. Elle va se surpasser pour les dix-huit ans de sa fille. Vous le constaterez par vous-même. Vous ne serez pas déçue. On ne regrette jamais une soirée à la Méridienne.

Ainsi le destin avait-il comploté pour que se tissât le conte de fée.

*

Jour après jour, Aude déroulait l'écheveau des événements. Elle était bien obligée de le reconnaître, elle était inféodée à son rêve. S'investir à l'extérieur lui paraissait dénué d'intérêt. Elle était bien tenaillée quelquefois par le souci d'avoir déçu Luc en lui faisant l'éloge de Charles, mais elle finit par minimiser sa maladresse. Le sachant très occupé, elle décida de privilégier la patience et se sentit rassurée grâce à ces dernières parades.

La vie d'Aude était solidement structurée dans sa routine et ses obligations. La mère de Charles, de retour en Europe, lui annonça sa visite pour les fêtes comme elle avait pris l'habitude de le faire depuis le décès de son fils.

Aude l'aimait sincèrement. C'était une femme combative qu'un divorce assez précoce avait dans ses débuts précipitée dans les difficultés financières.

— Ah ! Ce n'était pas facile à l'époque, avait-elle confié à Aude. Mais j'étais si fière de mes enfants. J'ai voulu qu'ils le soient tout autant de leur mère. Je leur dois le meilleur de mes qualités.

— Faites-vous allusion à votre ténacité notamment ?

— Bien sûr. Ce sont eux qui m'ont stimulée. C'est pour eux que je me suis lancée dans le métier d'antiquaire. Tu sais, je n'avais pas le choix. J'étais fille de militaire. Toute mon éducation tendait vers mon entrée dans le monde. C'est elle qui devait m'assurer l'existence la plus confortable. La belle erreur ! Mais je ne regrette rien.

— La récompense ne s'est pas fait attendre ! Quelle réussite ! Vos expertises ont été rapidement recherchées.

— Beaucoup plus tard, mon enfant. J'ai débuté par la brocante. Crois-moi, je n'ai pas ménagé mes forces. J'en ai monté des escaliers ! Ah ! Si mes mollets pouvaient parler ! Mais que veux-tu. C'était une passion. Les objets m'ont toujours chuchoté leurs secrets. Avec eux je n'étais pas seule. Quelle drogue !

— La frustration n'était-elle pas trop grande au moment des ventes ?

— Surtout pour mon petit Charles. Quel chagrin lorsque le général Tesco a acheté la collection de soldats de plomb. Tu penses ! L'armée de Napoléon, son idole. Il faut dire que c'étaient des pièces rares. Je les avais achetées à un vieux lord en Écosse. Il avait un œil de lynx, mon fils, comme sa mère, une vraie loupe !

— Et Florence ?

— Ma fille n'était pas en reste. Tiens, je me souviens du jour où le médecin est venu la vacciner. Il portait une barbe. Elle a pris peur.

— Qu'est-il donc arrivé ?

— Je l'ai cherchée partout, de la cave au grenier. Figure-toi que, pour échapper à son tortionnaire, elle s'était cachée dans la remise pleine de toiles d'araignée, au fond d'un vieux carrosse en restauration.

Comme autrefois, la belle-mère d'Aude était éclectique. Si, par inadvertance, elle prenait un ton trop sérieux, délicate, elle s'en excusait presque.

— C'est Dieu qui me soutient, dit-elle à Aude au cours d'une promenade. Si je m'étais abandonnée à mon chagrin, qui aurait pris soin de Florence ? Elle adorait son frère. Et toi ma chère Aude, ton courage n'est-il pas admirable ? Vous deux me donnez encore l'exemple.

Combien la situation d'Aude était différente aujourd'hui !

Elle écoutait sa belle-mère distraitement et tentait de s'affranchir de ses paroles lénifiantes. N'étaient-elles pas autant d'entraves à son nouveau rêve ? Aude évoluait dans son jardin secret. Elle voulait s'y perdre et régresser à sa guise dans le souvenir de Luc. Pourtant Aude se refusait à être injuste envers Élisabeth. Cette femme éprouvée n'avait pas comme elle un tel réconfort. N'était-il pas normal qu'à son tour Aude veillât sur elle ? La mère de Charles était trop impliquée dans sa vie pour qu'Aude remît en question ses liens d'affection. Finalement, cette cachotterie impudique, loin de l'éloigner d'Élisabeth, la rendit plus chère à son cœur. Elle le constatait chaque jour davantage. Lorsqu'elle raccompagnait Élisabeth, le soir dans sa chambre, cette pièce devenait le lieu privilégié du plus intime des tête-à-tête. L'amie se substituait à la belle-mère. Elle s'affirmait comme une femme d'expérience que la vie avait rendue réaliste et sage.

Elle émut Aude la veille de son départ, lorsque, perspicace, elle lui tint des propos peu conventionnels.

— Je te considère comme ma fille, Aude. Mon fils t'adorait. « J'avais pour mission de la rendre heureuse » m'a-t-il confié peu de temps avant de nous quitter.

— Mère, n'en dites pas plus. Cela me trouble tant. J'étais si jeune ! Charles m'a comblée. Je lui dois tout !

— Ma chérie, j'ai une requête à te faire. Prends de la distance avec cette tragédie. Considère aujourd'hui la vie avec une attention toute neuve.

— Que voulez-vous dire ?

— Ta vie intérieure te consume à vue d'œil. Durant mon séjour, j'ai tenté en vain de te distraire. Je te sens encore prisonnière du passé. Tu n'es plus complice de cette jeunesse qui ne demande qu'à resplendir en toi. Ne cache plus tes attraits. Joue tes atouts. Amuse-toi. Mon petit, tu auras toute ma bénédiction.

— Je comprends votre message. Il est bien trop généreux. Vous auriez le droit d'être amère. Votre comportement est celui d'une mère, attentive à mes tourments.

— Je voudrais te voir émerger de cette solitude, de tous tes souvenirs. Ta santé m'inquiète. Je te sens si fragile, si absente parfois.

— Mère, j'usurpe vos inquiétudes. Elles sont mal fondées. Ne vous méprenez pas sur ma faiblesse. Elle peut dissimuler autre chose.

— En effet, mon enfant ! Ta nervosité ne m'a pas échappé. Tu tressautes au moindre coup de fil. Tu es insomniaque et tu n'as plus d'appétit. Cette fois-ci, je te trouve une toute petite mine ! Crois-moi, la dépression te guette !

— Vous touchez là un autre problème. Je me sens si indigne de votre confiance.

— Cesse donc de te culpabiliser. Mon diagnostic est fait. Tu es en mal d'aimer. Tiens, ce qu'il te faudrait c'est un bébé, une famille. C'est cela le remède. Un petit être avec lequel tu serais en phase fusionnelle. Plus tard, tu le rendrais de plus en plus autonome pour qu'il s'affranchisse de toi. Quelle mission exaltante !

Elle touchait là le point sensible. À l'instar de Charles, Élisabeth avait le don de lire dans ses pensées. À l'évocation d'un berceau, Aude ne put retenir ses larmes. Elle se jeta dans les bras d'Élisabeth. Une pensée refoulée qu'elle n'avait jamais réussi à maîtriser cédait spontanément sous l'émotion.

— Dieu y pourvoira, j'en suis sûre. J'en ai l'intuition. Reste confiante, Aude. Il n'est pas trop tard. Prends davantage soin de toi.

Une grande douceur accompagnait la comptine dédiée à ce nouveau rendez-vous d'amour. Aude s'endormit apaisée.

*

Lorsqu'elle traversait des moments difficiles, Aude aimait se ressourcer au sein de sa famille. Il n'en restait plus que l'axe collatéral, celui de la fratrie : Franck, Laure et Aude, soudés dans l'adversité de leur jeunesse. Les années et les mariages, loin de l'avoir dépouillée de son identité, l'avaient consolidée en un bloc monolithique. À la mort de Charles, Aude avait souvent trouvé refuge chez son frère aîné Franck. Carole, son épouse, était une pianiste suisse réputée. Aude s'imaginait sous leur toit, entourée de ses turbulents neveux Maxence et Maximilien. Tous les cinq se tiendraient dans le salon de musique. Aude et Franck se concentreraient sur une partie d'échecs, tandis que Carole les charmerait au piano. L'ambiance s'était toujours révélée idéale pour consolider les liens affectifs. Là, Aude se sentait sécurisée.

Elle décida de leur rendre visite au cours du prochain trimestre. Carole serait rentrée de sa tournée de concerts.

Elle annonça son projet à Laure.

— J'allais justement t'appeler. Élisabeth a-t-elle pu retarder la date de son départ ?

— Non, malheureusement. Elle doit régler ses affaires avant de retourner aux États-Unis. La naissance de Jessica la comble de joie. Je m'en réjouis pour elle. Cette petite fille est devenue sa raison de vivre. Sais-tu le vœu qu'elle a émis ?

— Non, bien sûr. Je l'ignore.

— Elle souhaite que moi aussi je la rende grand-mère.

— Toi ? Ce n'est pas banal de sa part !

— Tu en conviens ! Elle veut que je retrouve le bonheur. Quelle femme exceptionnelle, si authentique en toutes circonstances.

— Elle a raison. La maternité serait ton plus beau rôle. Tu as tant à donner !

— Je n'envisage plus cette hypothèse !

— Il ne faut jurer de rien.

— Pour moi Laure, le temps d'aimer est révolu. Je t'ai avoué combien Luc m'avait troublée. J'avais vibré à des émotions si fortes que j'en étais moi-même effrayée. Une métamorphose s'ébauchait en moi. L'effet était indescriptible. Je ne songeais plus qu'à l'avenir. Mes velléités étaient anachroniques. Les fêtes sont passées, le temps des vœux aussi. Je n'ai plus de nouvelles de Luc. Son silence porte un coup décisif à mes illusions. Au moins me voilà à l'abri d'autres déceptions ! Je continuerai à tirer mon énergie de tout ce que j'ai construit avec Charles dans la tendresse et l'estime. Ses qualités étaient le ciment de notre couple.

— Ce sont celles du nôtre aussi. Avec l'humour en plus qui permet de s'accommoder de tout !

— Il y avait tant de noblesse en Charles. Il ne m'a jamais déçue. Peut-on recevoir plus qu'il ne m'a donné ? Cette générosité, je la retrouve chez sa mère, altruiste à l'excès.

— Ces qualités sont leur plus grande force. On côtoie tant d'êtres médiocres !…

— Je m'interdis de m'attacher à de tels individus.

— Eh bien, tu feras bien de fuir ton Judas, le roi, le champion des Judas !

— Mon Judas, quel Judas ? Je ne connais personne de ce nom-là. Il aurait frappé mon imagination.

— Mais si, tu l'as rencontré. Tu lui as même parlé.

— Tiens, tiens ! Et où aurais-je pu d'après toi côtoyer ce Judas ?

— À la Méridienne.

— Par exemple ! À la Méridienne. C'est très intéressant. Tu m'en apprends de belles !

— Il s'appelle Judas de Bellesfosses.

— Laure, tu me déçois. Je n'apprécie pas ta plaisanterie. Elle est indigne de toi et de mauvais goût. Pourquoi t'acharnes-tu à me faire de la peine gratuitement ? Tu n'ignores pas que je pense toujours à Luc. Tu as été ma confidente, toi ma sœur. Je le regrette amèrement. D'abord il ne s'appelle pas Judas, mais Luc, et il n'est pas juif, j'en suis sûre.

— Aude, je le baptise ainsi parce que c'est un symbole. Judas est synonyme de traître.

— Quel est le rapport ? Où veux-tu en venir ?

— Pardonne-moi, Aude, mais nous avons le devoir de t'éclairer, au risque d'affronter ta colère. Tu sais à quel point Richard et moi nous t'aimons.

— Dis plus justement que vous encourrez mes foudres. Tenez-vous prêts à me faire des excuses.

— Nous n'avons pas l'habitude de porter crédit aux commérages. Richard désire te parler. Il est à son bureau. Appelle-le sans plus tarder.

Aude se fit prier mais engagea finalement la conversation avec son beau-frère.

— Tu finis par m'intriguer, Richard. Depuis quand es-tu devenu détective ?

— Aude, je dois t'expliquer les circonstances. Gontrand de Virleye met en vente aux enchères des manuscrits rares de Mary Skeaping. Je suis chargé de les répertorier. Frédéric d'Arpert lui présente deux experts anglo-saxons dimanche prochain. Ma présence à la Méridienne est indispensable.

— Mon cher, tout cela ne m'intéresse guère. Quel rapport cela peut-il avoir avec la vie de Luc ? Viens-en aux faits. Abrège ton introduction.

— Ton impatience est bien justifiée. C'est dans ce contexte qu'intervient Arpert de nouveau. Il ne t'a pas rencontrée depuis son retour de New York. Il t'a invitée à se joindre à nous par mon intermédiaire. Pour cause, tu connais bien le chemin de la Méridienne.

— Tu le connais aussi bien que moi ! Voilà le prétexte ! Tout cela m'exaspère.

— Il désire te présenter à Ghislaine de Virleye.

— Luc m'a mise en relation avec elle. Les présentations ont été faites à la Méridienne.

— J'ai justement saisi ce prétexte pour t'excuser. J'en suis venu à prononcer le nom de Luc.

— Luc ?

— Frédéric l'a tout de suite relevé et enchaîné sur le remariage de son ami Luc.

— Son remariage ? C'est impossible. Luc est veuf. Il a plaisanté, voilà tout.

— Je l'ai cru moi aussi.

— Peut-être a-t-il involontairement colporté une rumeur ?

— Arpert est un homme de rigueur. Ses informations sont fondées. Il m'a confirmé avoir été pressenti pour être le témoin de la jeune femme. Elle s'appelle Johanna. Sa mère et l'épouse d'Arpert étaient très liées. Son père est un brillant avocat d'origine néerlandaise. Elle est journaliste, correspondante de presse pour un magazine américain. Elle est très ambitieuse, paraît-il.

— Tout cela n'est pas très sérieux.

— Aude, je me souviens parfaitement des remarques de notre ami. Il n'est pas du tout convaincu de la validité de cette union. « Il ne faut pas minimiser l'entrave, mon cher Richard » m'a-t-il dit. « Deux belles-filles à élever ! C'est un challenge ! Il est vrai que Johanna a vécu deux ans aux États-Unis. Elle aura là-bas appris à contourner les obstacles. On y est plus pragmatique que sur notre vieux continent. Après tout, souhaitons beaucoup de bonheur aux nouveaux mariés. » Voilà, Aude, je t'ai rapporté notre conversation. Elle est édifiante. Sur ces mots, tu t'en doutes, je n'ai pas insisté et le sujet fut clos. J'imagine combien tu es déçue. Nous le sommes terriblement pour toi.

Aude l'était en effet. Comment aurait-il pu en être autrement ? Un avion en perdition serait tombé tout près d'elle qu'elle n'aurait pas été guère plus choquée !

Sous l'effet de la brutale nouvelle, une vive tension monta en elle. Une déflagration se fit dans sa tête, derrière l'occiput, là où un moteur semblait avoir pris place. Des gongs résonnèrent dans l'espace hermétiquement fermé de son crâne, dont les os, sous les tempes, semblèrent vouloir éclater. À l'instar de l'appareil qui loupe son train d'atterrissage, elle fut secouée de soubresauts. Son corps se tétanisa et elle se mit à vomir. La souffrance, tapie dans le tréfonds de son cœur, gisait là par terre entre les spasmes, nauséabonde. Le regard hébété d'Aude explorait cette réalité éloquente qui, paradoxalement, restait aussi énigmatique que la trahison. Elle savait bien, pharmacienne, qu'aucun remède n'existait sur ses rayons susceptible de guérir ce syndrome. Le seul recours était la parole. Délaissant les médiateurs chimiques, Aude appela sa sœur le lendemain. Les faits tels que les avait exposés Richard étaient probants et pourtant Aude céda à la facilité du déni.

— Laure, Richard a-t-il bien compris ? Frédéric d'Arpert peut avoir un côté provocateur. De plus, je ne crois pas lui déplaire. Il affectionne les exclusivités. Ne serait-ce pas une manœuvre s'il a eu vent de mon aparté avec Luc ? Ne signe-t-elle pas quelque dépit amoureux ?

— Aude, je comprends. Il est difficile de te rendre à l'évidence. Tu es blessée. Cette nouvelle est tellement inattendue ! Les faits tels que tu me les as rapportés sont en flagrante contradiction ! Mais peut-être les avais-tu amplifiés ? Ce que je déplore, c'est que Luc ait entretenu un flou autour de lui. C'est ambigu et indigne d'un homme de qualité.

C'était l'ultime résistance avant l'hallali. Aude trouva encore la force d'excuser son Judas en rétorquant, magnanime :

— Laure, nous ne possédons pas tous les critères de jugement pour le condamner sans appel. Je me refuse encore à l'enfermer dans un constat aussi réducteur.

— Il est marié. C'est indéniable et tu dois l'oublier. Le hasard n'a pas fait si mal les choses. Il t'a évité de tomber dans une souricière avant que tu ne sois trop amoureuse.

— Ma naïveté doit te prêter à sourire !

— Je m'en garderai ! Les sentiments échappent à toute objectivité, ils outrepassent la logique et s'enchaînent pourtant avec un art parfait. « Le cœur a ses raisons… » C'est vieux comme le monde. Rassure-toi, nous avons tous nos naïvetés. Chacun de nous les exprime à sa façon à un moment ou à un autre.

— Peut-être aurais-je dû être sur la défensive ?

— Calme-toi, il est facile de juger de la situation en après-coup ! Tu étais éprise de Luc, tu vivais ce sentiment. Tu ne cherchais pas à te l'expliquer. Comment voulais-tu garder la tête froide ? Tu méritais simplement sa franchise. C'est une qualité de fond sur laquelle tu ne peux transiger. On ne peut la braver impunément.

Que la voix de Laure était douce ! Elle avait à elle seule le pouvoir de réconforter Aude et de la réconcilier avec sa solitude.

Elle s'endormit avec le souvenir de Charles et fit un rêve étrange.

Elle avait un âge avancé et était invalide. Elle avait été accusée à tort d'un crime et sortait de prison. Elle avait gagné sa liberté en la troquant auprès de ses gardiens contre des années prélevées sur la durée de sa vie.

Ils la jetaient sur un toboggan. Le compte à rebours débutait. Il y avait une corrélation entre le fait qu'elle était adulte engagée dans l'action, mais une adulte qui avait psychiquement régressé. Son ressenti était resté celui de la petite fille qu'elle n'avait jamais cessé d'être, assoiffée de tendresse.

Elle en recevait des coups, la tête aux cheveux gris, dans un tunnel sans fin ; de droite, de gauche, probablement les coups durs de la vie. Elle les recevait comme un jeu, en riant et en pleurant tout à la fois, comme le font les tout-petits, « Jean qui pleure et Jean qui rit », que l'on fait facilement passer des larmes au rire.

Ces blessures morales, converties en autant de blessures physiques, étaient visibles sur tout son corps. Elle en portait les traces sur les bras, le ventre, le dos. Surmontées, elles étaient autant de victoires et constituaient son champ d'honneur. Quant à la fillette, on aurait pu la comparer à un jeune fraisier écarlate qui fouille de ses longs stolons en cascade les nappes phréatiques du jardin potager asséché. Les carences affectives de la petite enfance, mémorisées de la tête aux pieds, s'étalaient, centrifuges, jusqu'à la pointe de ses ongles. Rongés, comme ceux de l'adulte, ils étaient déjà le symptôme de l'appel à l'aide.

Aude abandonnait enfin ces lieux insécures et atterrissait dans un environnement stupéfiant, d'une blancheur immaculée, comparable à celle de la ouate. Il y avait au centre un ravissant carrousel, recouvert de plumes de cygne. De loin, il ressemblait à un oiseau. Aude tenait absolument à s'asseoir sur ses ailes et à s'envoler avec lui, car Charles l'y attendait. Elle n'avait pas vu, cachée derrière une colonne, qu'une gorgone terrifiante avait les traits d'une méduse. Elle faisait tourner le manège dans une ronde infernale et la poursuivait ainsi que Charles dans un kaléidoscope sonore : vérité-mensonge, vérité-condamnation. La ballade insolite et angoissante s'achevait sous le dernier ordre de la gorgone : condamnation. Hilare, avec une hache, elle coupait les ailes de l'oiseau, immobilisait Aude et plantait ses crocs gourmands dans son cou.

Aude se réveilla en sueur, fiévreuse et endolorie, la nuque raide. Qui aurait pu déceler les traces de la gorgone, sinon Esculape lui-même ! Aude fut soignée pour un sévère zona dorsal. Au bout de quelques semaines, elle sortit de l'impasse, comme sous l'effet d'un électrochoc.

Aude réévaluait les derniers événements et reconstituait le puzzle. Charles, pour son intégrité morale, obtenait la palme d'or. Il redevenait l'arbitre éclairé derrière lequel elle continuerait à polariser sa ligne de conduite. Luc prit place dans le panthéon des souvenirs. Aude s'élançait vers une vérité nouvelle.

*

Il ne subsistait plus aucune trace de l'hiver. La sève printanière travaillait la nature et les hommes, innervant le corps d'Aude d'un regain d'énergie. Invitée à changer d'horizon, elle partit voir sa famille à Genève, l'esprit libéré de Luc.

Si quelqu'un dans l'entourage d'Aude avait mis en doute ses capacités à réagir de la sorte, il aurait été vite édifié s'il avait pu la pister dans la cité calviniste.

Dans l'univers familial de la maison bourgeoise tout près du lac, le sceptique aurait été confondu. Aude se trouvait chez son frère depuis quarante-huit heures à peine. Déjà, au milieu des siens, elle se sentait revivre. Si Maximilien, l'aîné de ses neveux, l'interpellait le soir au dîner :

— Ma chère tante, à toi de dire la prière,

Aude se pliait de bonne grâce à la fervente habitude, sous l'œil amusé de la tablée. Carole avait établi une hiérarchie dans la famille. Il y avait des codes, des valeurs à ne pas transgresser. Aude les reconnaissait. Chacun semblait sans effort contribuer à l'harmonie générale.

Lorsqu'ils partaient au temple, à pied le dimanche matin, le couple, en tête, se tenait par la main. Les fils, joyeux, confiants en leur bonne étoile, marchaient dans leur sillage comme des mages.

Et puis la semaine reprenait ses droits. Franck, comme jadis son père, endossait sa robe d'avocat. Chaque soir était fête au retour du maître. Carole se précipitait à la porte. Franck la soulevait de terre et l'enlaçait. Lorsque les fils s'étaient retirés, Aude devenait le centre d'attention des parents. Dans les instants ineffables du crépuscule, le charme opérait. Dans la grande salle aux poutres robustes, face aux scintillements du lac, tout paraissait simple. Peut-être le mérite en revenait-il à Carole. Elle était un peu moralisatrice et pourtant si épanouie lorsqu'elle lui dit :

— Aude, ne renie jamais ton héritage. Il vous a structurés, ton frère et toi. Il te protège et t'évitera bien des déboires. C'est une référence inaliénable.

Lorsqu'elles se quittèrent, Carole lui fit une ultime recommandation.

— N'oublie pas ce que t'a conseillé Franck. Pense au golf. C'est un sport qui correspond à ton tempérament Tu y retrouveras la nécessité de l'effort, du dépassement. La beauté du geste, sa maîtrise, quel plaisir !

— Qui, mieux que toi, pourrait me conseiller ? Tu es un modèle de persévérance ! Mise au piano à l'âge de cinq ans, tu sais de quoi tu parles !

— Malgré ta présence, je n'ai pas dérogé aux heures quotidiennes de travail. Tu as pu le constater. Ce qui était une astreinte est devenu une nécessité. Quelle récompense au bout du compte !

— Votre exemple, Carole, m'a convaincue. Je m'inscris cette semaine. Je te le promets !

— Bravo ! Dans ce cas-là c'est gagné. Bonjour la joie !

*

Aude succomba immédiatement à l'attrait de la petite balle. Elle partageait son temps entre son officine et les greens. Chaque progrès accompli l'encourageait dans sa démarche sportive. Elle se révélait douée. Elle rentrait euphorique de son premier parcours, lorsqu'elle croisa le baron d'Arpert au Club House.

— Vous ici, laissez-moi vous regarder. Cette tenue est très seyante. Sur le green, ma chère, vous feriez monter mon score. Tenez, avec des jambes pareilles, vous êtes une vraie diablesse.

— Vous savez mieux que moi qu'il ne faut jamais quitter la balle des yeux. Cela peut vous être fatal. C'est la toute première leçon.

— C'est vous qui êtes une femme fatale. Mais je préfère vous susurrer mes compliments à l'oreille et vous enseigner la deuxième leçon en tête à tête. Quand m'accorderez-vous un dîner ?

— À vrai dire vous me prenez de court.

— Eh bien ma chère, consultez votre carnet de bal. Vous ferez attendre vos nombreux soupirants. J'attends votre réponse demain soir.

Il usait volontiers d'un ton ironique, parfois même grivois, avec les femmes. Cette stratégie avait le don de les déstabiliser. Lui, jubilait de leur déconvenue.

— Vous pouvez m'appeler la nuit si vous en avez envie. Je travaille très tard sur mes dossiers. Surtout n'hésitez pas.

Il mixa encore quelques instants le sérieux et le ludique, puis se hâta jusqu'au vestiaire.

*

Aude avait accepté l'invitation de Frédéric d'Arpert et se trouvait, du moins ce soir, sous le pouvoir du personnage. Il semblait pour la circonstance avoir rechargé toutes les batteries de son intelligence. À l'évidence, il était un habitué des lieux. Les flatteries et les courbettes dont il était l'objet auraient pu tourner la tête de la jeune femme. Mais l'éclat de sa jeunesse marquait des points face à cet homme rehaussé de décorations, claudiquant, qui avait largement dépassé l'âge d'être son père.

Il ne parlait que de lui, mais, loin de lasser son interlocutrice, il obtint immédiatement son écoute tant la formulation de ses propos était originale. Il déshabillait volontiers les jolies femmes, avec le savoir-faire d'un riche maquignon, habitué à rafler les médailles dans les foires agricoles.

Subitement conscient de se plagier et connaissant le sujet par cœur, il s'interrompit, blasé.

— Tout cela est bien trop sérieux et ennuyeux pour vous. Vous valez mieux, très chère. Venez donc dans mes bras. Allons danser. Ne perdons plus de temps.

Le maquignon madré appréciait l'anatomie féminine. D'un geste habile, évaluant les formes de la jeune femme, il dompta ses courbes graciles et d'un coup sec la plaqua contre lui joue contre joue.

Ils dansaient sur une musique de croisière, de celle qui alanguit les couples amoureux et les prépare aux audaces houleuses de la nuit. Agacée, Aude tentait tant bien que mal de se soustraire aux discrètes pressions du bassin mutin. Puis tout à coup, avec l'impatience du souverain autoritaire, pressé d'offrir son empire à la princesse de son cœur, il passa au cou d'Aude de surprenantes chaînes.

— Très chère, épousez-moi. Chérie, je suis sérieux, vous avez bien entendu, épousez-moi, et il lui serra très fortement le bras.

Il la ramena à leur table, sans desserrer son étau, et là, Aude fut prise d'un fou rire presque insolent tant la demande du baron lui parut saugrenue.

Il était devenu nerveux et écarlate, sa respiration bruyante. Elle le vit alors, tel un pur-sang fougueux, enfourcher le tutoiement et prendre son élan pour franchir l'ultime obstacle.

— Diablesse, épouse-moi.

Une violente quinte de toux prenait maintenant le relais de son hilarité. Aude saisissait avec peine les arguments de son cavalier, désarçonné et à terre.

— Petite sotte, tu seras titrée. Tu seras à l'abri. Épouse du moins la sécurité.

— Mais Frédéric, tout cela est tellement inattendu. Nous ne nous sommes que très peu fréquentés.

— Je connais suffisamment les femmes. Je ne me trompe jamais. C'est sur toi que je parie.

— Soyons sérieux. Je n'ai pas votre expérience. Vous le savez très bien, il n'y a pas d'amour entre nous.

— Ah la belle affaire ! Est-ce nécessaire ? Je te croyais plus moderne. Viens avec moi en Chine. J'y suis nommé. Tu seras reçue comme une reine. Je suis impuissant et peu exigeant. Il y a deux ou trois caresses que j'aime. Tu les connaîtras. Aimes-tu embrasser ? J'oubliais l'essentiel : tu seras libre. Je m'effacerai devant tes amants. J'attends ta réponse.

— Quand partez-vous ? se hasarda-t-elle pour gagner du temps.

— Réponds de suite.

— Cette expérience à vos côtés serait jugée exaltante par bien des femmes. C'est un très grand honneur. Mais comprenez-moi, je ne suis pas prête à accepter cette négociation. Je n'y suis pas préparée. Peut-être suis-je encore trop jeune.

— Dis-moi que tu es incapable de prendre un risque. Ah ! Si je n'avais pas su en prendre dans la carrière, j'aurais été coiffé au poteau.

— L'enjeu n'est pas le même. Je me dois d'être honnête envers vous.

Sèchement, il mit fin délibérément à leur courte intimité. Il reprit le vouvoiement plus formel qu'il ne quitta plus, et lui donna l'estocade.

— Vous me décevez beaucoup. Souvenez-vous-en.

D'un geste, il fit signe au maître d'hôtel.

— Gustave, je vous prends à témoin. J'ai demandé en mariage cette jeune femme ici même ce soir. Elle l'a refusé. N'est-elle pas sotte ?

— Oh, oui, je suis de l'avis de monsieur le baron. Si vous le permettez, monsieur le baron. Mademoiselle est bien sotte. Elle risque fort de le regretter !

Au retour, Arpert ne fit aucun commentaire. L'ami même paraissait absent. Il se dérida seulement lorsque son chauffeur lui ouvrit la portière.

— Ma chère, dit-il à Aude, j'étais sincère. Prenez soin de vous. Après tout ne changez pas. Restez telle que vous êtes. Merci d'exister. Vous êtes charmante.

Et avant de la quitter, il lui baisa la main.

La vie d'Aude reprit un cours tranquille. Axée sur d'autres pôles, elle échappait à ses deux soupirants. Le premier devait être loin, peut-être déjà en compagnie d'une madame Chrysanthème.

Il n'était pas banal, Frédéric d'Arpert ! Il se dégageait de sa personnalité une puissance qui mettait Aude sur le qui-vive et lui avait imposé de garder ses distances.

— Tu le constateras plus tard, lui avait dit Franck. Chaque personne placée sur ta route jouera son rôle dans ta saga. Elle t'enseignera que le sens naît de l'incohérence et l'ordre du chaos.

Où se trouvait l'évidence ? Où se trouvait la logique ?

Rétrospectivement, le souvenir du baron émouvait Aude. Ce vieillard hors-norme visiblement affaibli qui lui avait fait miroiter ses atouts n'avait-il pas un côté attendrissant ? Sa promesse ne postulait-elle pas qu'il glissait inexorablement vers la maladie ? Il buvait au calice une dernière fois. N'était-ce pas pour se donner légitimement l'illusion de la jeunesse ? Sous le masque de la dérision, il avait gardé une dignité sans pareille qui avait impressionné Aude. Quant au second, le favori, elle s'était imposée de n'en souffler mot au baron. Les dés étaient jetés.

*

La vie s'écoulait, clémente. Toute nouvelle épreuve semblait épargner Aude. Pourtant ce vendredi 29, Aude s'en souvient très bien, le passé rebondissait. Il s'insinuait, masqué sous la forme d'un dialogue singulier entre les deux sœurs.

— Laure, tu ne devineras jamais ce qui m'arrive.

— Non bien sûr, mais je t'écoute.

— Judas est de retour.

— Judas ?

— Oui, mon judas. Il me demande de l'attendre à la gare. Puis il prendra une correspondance pour Bruxelles.

— Aude, ne reviens pas en arrière. C'est mon sentiment. Que te veut-il au juste maintenant ?

— Je n'en sais rien. Sa carte n'est pas explicite du tout.

— Comptes-tu aller le retrouver ? Je suis hostile à cette idée. Ce n'est pas sérieux.

— Mais si, j'y suis résolue ! J'userai d'astuce. Je le féliciterai de son mariage et rirai bien de son embarras. Je compte m'amuser à ses dépens une dernière fois.

*

Aude était assise en face de lui, dans une attitude neutre, à une table du Train Bleu. Elle acceptait avec peine la loi tyrannique de la raison, qui lui imposait cette évidence. Ils vivaient leur dernière rencontre. Luc allait lui annoncer son remariage.

— Aude vous m'avez terriblement manqué.

— Vous aussi Luc, terriblement.

— La vie est injuste.

— Oui, la vie est injuste.

— Vous êtes ici, je suis ailleurs. Ce n'est pas mon choix.

— Que voulez-vous dire? Votre choix vous l'avez fait. De toute façon, il est irréversible. Je n'ai plus la moindre place dans votre vie.

Luc parut mal à l'aise. Aude profita de son avantage pour le mettre sur le grill.

— Mon cher, j'ai pris la peine de me déplacer pour vous féliciter. J'ai eu connaissance de votre remariage. Vous êtes un sacré cachottier !

La formulation peu aimable d'Aude parut atteindre sa cible. Elle vit Luc tout d'un coup comme un dauphin, plonger dans son assiette. Il la fouillait avec l'œil exercé du radiologue qui, ayant repéré une fêlure sur le cliché d'une tête fémorale, ajuste minutieusement son zoom. Son couvert s'acharnait sur son pavé de bœuf saignant. Luc le torturait nerveusement de son couteau. Aude pouvait remarquer, dans le jeu savant de ses mains, qu'il se donnait le temps de la réflexion.

— Aude, vous êtes bien mal informée. Je l'ai échappé belle. Vous n'avez pas à me féliciter.

— Je vous en prie, expliquez-vous. Comment puis-je douter des paroles du baron d'Arpert ? Il est votre ami, et celui de mon beau-frère.

— Je vois bien ce à quoi vous faites allusion. C'est pourtant fort simple. Au dernier moment, mon mariage a été annulé.

— Annulé dites-vous ? Ai-je bien entendu ? J'ai peine à vous croire.

— Laissez-moi vous expliquer. Vous le méritez plus que quiconque. Johanna est une ancienne relation et nous sommes voisins. Lorsqu'elle est rentrée des États-Unis, elle désirait vivement fonder une famille. Elle a joué intelligemment de ma solitude et de mon désarroi de père. Elle a tissé sa toile autour de mes filles en leur faisant miroiter monts et merveilles. Les pauvres petites ! Elles sont tombées dans le panneau. C'était si facile ! Si vous saviez à quel point elle les a courtisées ! Peu à peu elle a occupé le terrain et s'est rendue, à leurs yeux, indispensable. Elle était disponible, sans passé et si accessible ! Sa famille s'en est mêlée. Je n'ai plus été maître du jeu. La situation m'a échappé. Croyez-moi, je ne souhaite à personne de connaître un tel engrenage ! À la veille de la publication des bans, elle a montré son vrai visage. Elle ne supportait plus mes filles et ne s'en occupait plus. Elle médisait dans notre dos et les accusait à tort et à travers. La goutte d'eau a débordé lorsqu'elle les a inscrites dans un établissement scolaire pour les mettre en pension.

— J'imagine votre traumatisme à cette idée.

— Péremptoire, elle a posé cette condition préalablement à notre union. C'en était trop. Je n'ai pas cédé à son chantage bien qu'elle m'ait menacé d'un scandale.

— Quel soulagement après une telle épreuve. Quelle fausseté ! Ainsi il existe encore des marâtres de nos jours ! Je conçois maintenant qu'il vous ait fallu du temps pour émerger de ce cauchemar ! Vous avez de justesse évité la catastrophe. Combien ai-je été injuste envers vous ! Mais un détail me tracasse. Pourquoi Frédéric d'Arpert, qui est un de vos proches, n'a-t-il pas été mis au courant ?

— Je le comprends, cela vous trouble. N'oubliez pas que le baron d'Arpert est une personne insaisissable. Ne vous avais-je pas d'ailleurs souligné son trait de caractère à la Méridienne ?

— Vous l'aviez qualifié de météore. L'expression m'avait frappée…

— Elle ne peut mieux le décrire. Vous le croyez ici, il est ailleurs. Il a plusieurs adresses, mais il n'a que le Concorde pour domicile fixe. Les nouvelles vont souvent moins vite que lui. Ce fâcheux décalage peut jouer bien des tours et expliquer cette bavure !

— Je ne m'étonne plus de rien !

— Johanna et moi avons décidé d'agir dans la discrétion. Il s'agissait d'un remariage. Une rupture a moins d'impact sur l'entourage. Nos invités étant peu nombreux, chacun a géré séparément son cercle d'amis. Dans la confusion, tout était possible !

— J'ai compris. Mais je suis tentée de tout vouloir mettre en équation.

— Moi-même lorsque je tente de démonter cette lamentable affaire, beaucoup de paramètres m'échappent encore. J'ai beau réfléchir, je suis contraint d'abandonner les spéculations. Comme en algèbre, il y a l'inconnue, c'est la règle. Il faut l'accepter. Pour le reste, on supplée de soi-même. Aude, j'espère avoir répondu à votre attente. Malheureusement, il est l'heure de vous quitter. Puis-je croire ce que je lis dans vos yeux, que vous m'avez compris et pardonné ?

— Comment pourrait-il en être autrement ? Vous vous êtes justifié, en me démontrant votre innocence. Après ce dénouement, vous voilà libre. Je soupçonne une justice immanente.

— Aude, vous êtes la femme de ma vie. Vous allez l'inspirer. Ne l'oubliez jamais. Vous me permettez maintenant d'espérer. Partez en vacances. Laissez-moi l'été pour m'organiser. Toute mon énergie sera déployée à cette seule fin.

Ils se retrouvèrent, pressés par le temps, enlacés sur le quai.

— Je vous aime Aude.

— Je vous aime Luc.

furent leurs dernières paroles. Le train démarrait lentement. Aude se mit à courir le long du wagon. Elle lui criait :

— Je vous aime Luc. Je vous aime.

Luc se tenait à la fenêtre. Ses lèvres derrière la vitre s'efforçaient d'articuler

— Je vous aime. Je vous aime.

Aude aurait voulu avoir un cœur d'athlète pour courir le marathon, être lévrier pour rattraper son leurre. Elle dut l'abandonner, à bout de souffle, aux lignes qui fuyaient à l'infini.

Aude rentra de ses vacances en Grèce joyeuse et détendue, pour la première fois depuis le décès de Charles. Luc l'avait supplanté dans ses pensées. Elle avait été séparée de lui, mais il était omniprésent. Ce cache-cache n'était-il pas un délicieux prélude aux jeux de l'amour ? Elle n'avait qu'à fermer les yeux. Son imagination lui tournait la tête plus facilement qu'une rasade de raki et laissait dans ses veines plus d'euphorie que la fluoxétine.

Enfin, le réel palpable succéda à la fiction malgré tout précaire. Il eut pour décor un charmant hôtel où Luc avait donné rendez-vous à Aude à son retour d'Athènes. Dans la plénitude de cette dernière soirée d'été, ils étaient blottis dans leur chambre. Une marine décorait la tête du lit. Luc était à genoux et regardait Aude. Pour la première fois, elle lui ouvrit les draps qui devinrent lagon d'azur.

Au creux d'une vague, Luc se fit douceur, sur une autre, tendresse. Il surfa conquérant sur la troisième, et sur les suivantes, il déferla sa passion. Aude était chavirée de désir. Lorsqu'il l'enfonça dans les flots, elle était dans le vaisseau, naufragée de plaisir. Conjuguant leurs forces éparses, ils connurent ensemble la surabondance du mystère incomparable et jouirent d'une seule chair. Dans l'écume tiède du sillage transparent flatté de porter sur la houle leur gréement ivre, un cap hors d'eux-mêmes les menait à Tyr la Mythique.

Ils avaient fait l'amour. Aude l'aimait. Luc était son nom.

DEUXIÈME PARTIE

L'hiver était précoce. Frileuse, Aude se tenait près de l'âtre. Les bûches incandescentes qui se consumaient lentement anticipaient les rigueurs de la saison, contribuant à restituer à la pièce toutes les apparences d'un bonheur tranquille. Aude cependant était inquiète. Elle dévisageait Luc dont la peau semblait avoir absorbé toute la chaleur ambiante. Il était fiévreux et avait prétexté une fatigue passagère pour ne pas sortir. C'était le dernier week-end avant Noël. Pour la première fois, ils le fêteraient ensemble aux Dunes. Dans quelques jours, Aude rejoindrait sa famille, puis ce serait le tour de Luc et de ses filles. Jusqu'au dernier moment, il avait différé de mettre au point les modalités de leurs retrouvailles. Ce soir, il l'avait promis à Aude, ils allaient en parler. Elle le soutenait de son tendre regard. Luc satisfaisait à la convoitise des flammes et cherchait dans leur avidité le secret de leur combustion. Aude, d'instinct, se taisait.

— Aude, contemple cette coulée d'étincelles, cette embellie rougeoyante du foyer qui sélectionne son bois. Là, la morsure en sourdine qui tout à coup se fait vandale. N'y a-t-il pas dans cette beauté agressive, qui s'anéantit et nous fascine, une forme achevée de l'art ?

— Certainement. Dans cette esthétique, je verrais même un poème tragique. La bûche peut-elle échapper au danger du feu ? Le plus beau bois doré même ne le peut !

— L'homme n'est-il pas aussi quelquefois aux abois et pris dans les flammes du bûcher ? N'est-il pas prêt, pour échapper à une forfaiture intime, à signer un pacte avec le diable ?

— Ce subterfuge serait la pire des folies si cet énergumène lui confiait son salut ! Il se condamnerait à la mort.

— S'il ne peut conjurer le sort, à qui peut-il avoir recours ? Avec qui peut-il collaborer ?

— Avec personne, car il s'est déjà perdu lui-même.

L'œuvre d'art se dérobait maintenant sous l'argenture des cendres. Luc avait pris sa pipe. Il semblait vouloir, derrière une fausse quiétude, se protéger d'un ennemi invisible. Il était tourmenté. Aude voulait en connaître la cause.

— Chéri, Sybille est-elle bien remise de sa fracture ? A-t-elle repris l'équitation ?

— Il est encore trop tôt. Ce retard l'agace.

— C'est dommage. Si cela lui plaît, nous pourrons l'accompagner au manège. Il se trouve à cinq cents mètres des Dunes. Il serait intéressant pour l'avenir qu'elle repère les lieux. Elle est restée immobilisée longuement. Comment s'est-elle comportée avec sa sœur durant cette période ? S'est-elle montrée patiente ?

— Non, hélas. Peut-être lui ai-je laissé prendre trop d'importance dans le passé. Son caractère n'est pas facile. Elle est orgueilleuse et se cabre facilement.

— Je vais bientôt être confrontée à ta petite communauté. J'en connais déjà les qualités et les défauts. Je compte les jours d'ici Noël.

— Tu aimeras Claire, j'en suis sûr. Elle est touchante et si prévenante ! Sybille, elle, est peu démonstrative. Elle a horreur des effusions. En fait, son comportement vis-à-vis de toi me pose problème. Pour moi, tu auras toujours la place d'honneur. Mais dis-moi, ce champ inexploré ne te fait-il pas peur ? Connais-tu le prix de la patience ? L'as-tu estimé ?

— Je t'aime Luc. J'aimerai les travers de tes filles. Ils m paraissent insignifiants. Je voudrais être pour elles un mur de soutènement, avoir la force d'un pilier invisible. Avant tout, je veux les apprécier en l'absence de préjugés.

— Quel bonheur, Aude, à cette perspective. Tu en as la volonté. Mais j'ai peur. Tu ignores le poids de mon fardeau. Le connaîtrais-tu qu'il se disputerait tes forces et les réduirait au silence.

— Pourquoi l'amplifier tout à coup ? J'assume ce destin. Nous l'assumerons ensemble en êtres libres. Nous ferons de grandes choses parce que nous le voulons. Il est temps maintenant d'y associer tes enfants et de me les présenter. La patience vient à bout de tout.

Tandis qu'ils conversaient, Luc avait saisi les coussins blancs du canapé, et les installait avec fantaisie en forme d'igloo. Les plaids clairs en cernaient les modestes dimensions. Luc lui tendit la main et lui dit :

— Voici la plus petite hutte au monde. Là, je resterai toujours ton Donat de dévotion.

Il l'avait attirée à lui. Il laissa tomber ses vêtements qui firent des taches sombres sur la moquette et la transforma soudain en un curieux polder.

— Je rêvais d'un amour biblique. Aude, mon rêve le plus fou a été exaucé. « Quand Dieu qui m'inspire m'apparaît sur ton visage » Oh ! Hederlin ! Sais-tu Aude, que récemment j'ai rêvé que j'étais juif et déporté. J'ai réalisé que si je t'avais eue à mes côtés, j'aurais trouvé la force de marcher fièrement jusqu'à la mort, j'en ai la certitude. Seul l'amour que je te porte me confère ma dignité.

Si son éloquence parut exagérée à Aude, la foi aveugle de Luc le grandit à ses yeux. Elle entrevoyait un monde meilleur et en fut bouleversée. Quel insensé oserait encore le traiter de Judas ? Lui un juste ! Qui pourrait se mesurer à lui ? Qui était assez héroïque pour s'identifier à la victime innocente et transcender le terrible sacrifice ? Certainement pas les lâches ou les déshérités du cœur qui s'étiolent dans leur médiocrité et les commodités du mensonge.

Elle s'accouda contre Luc et le regarda. Son visage étroit et pâle s'était creusé, accusant presque les traits d'un gisant gothique. Ses yeux plafonnaient. Il saisit d'une main tremblante le sautoir d'Aude, et l'utilisant comme un chapelet, en égrena lentement les perles. Luc était émouvant en ces instants, tant son identité touchait à l'essence même de sa vérité. Il n'y avait plus d'igloo, ni de polders. Luc semblait exilé en lui-même, tel un missionnaire austère, au terme de sa fin prochaine dans la Baie des trépassés.

— Je t'aime, moi aussi. Si je te perdais, je te chercherais partout. J'irais même te chercher dans les décharges d'immondices.

— Qu'as-tu dit ? Répète. Où irais-tu me chercher ?

Les doigts effilés de Luc s'attardèrent religieusement sur la nacre ; de l'autre main, il enlaça la jeune femme. Arc-boutée sur ses désirs d'amour, Aude aspirait à communier par la chair à cet acte de foi. Elle darda ses seins vivants, alourdis de plaisir, puis se tournant vers lui, elle tendit à la bouche de Luc l'offrande de leurs boutons d'ambre.

— Répète.

— S'il le fallait, j'irais te chercher dans les décharges d'immondices.

Les paroles de Luc, dans l'expression très forte de leur symbole, l'avaient certainement ébranlé. Un bandit n'aurait pas tiré sur sa corde plus violemment que Luc ne le fit sur le collier car Aude sentit qu'il l'avait cassé. Les perles tombaient une à une tels des flocons de neige dans l'igloo. N'y prêtant aucune attention, Luc semblait perdu dans une toute autre vision. Sa bouche, hier avide, dédaignait aujourd'hui les fruits défendus. Ses poings, ramassés sur sa poitrine, se livraient à une sévère contrition.

— Aude, je ne suis qu'un misérable. Je suis indigne. Oui je suis indigne de toi. J'ai une confession à te faire. Je suis marié.

Aude pouffa d'un rire nerveux, proche de l'hystérie.

— Je trouve vraiment le moment mal choisi. Tu ne peux être marié, puisque tu as rompu.

— Je t'ai menti.

— Comment cela tu m'as menti ?

— Oui, je suis marié.

— Bon, tu es marié, si tu le veux. Comme moi, disons que nous l'avons été.

— Hélas, je l'ai épousée. Elle attendait un enfant. Tu peux me condamner, je mérite ta sentence.

— Marié ? Un enfant ? Un traître toi, est-ce possible ? Laisse-moi te regarder une dernière fois. Il y a quelques minutes encore, tes yeux étaient le miroir de notre perfection. J'y vois maintenant le reflet de Judas ! Ah tu méritais bien ton nom ! À quel être misérable et dépravé ai-je fait face sans le savoir ? Avec quelle aisance tu t'es adapté à cette cynique situation. À ta place, je serais morte de honte. Tu n'es qu'un lâche.

Une boule dans la gorge l'étouffait. Aude invectiva Luc de sa colère et le menaça :

— N'oublie jamais : « Celui qui porte l'épée périra par l'épée ».

— Aude, je suis à bout. Je t'en supplie. Laisse-moi encore t'expliquer. Les circonstances m'y ont obligé. Johanna m'a tendu la main. Je l'ai saisie avec reconnaissance, sans regarder celle qui me la tendait. Mes filles et moi allions l'apprendre à nos dépens.

— N'aggrave pas ton cas. Tout cela me dépasse.

— C'est toi que j'aime, Aude. Je t'aimerai toujours. Souviens-toi de notre soirée au Flambeau. J'étais jaloux de Charles. Je le voyais toujours entre nous. Tu étais inconsolable. Durant des heures tu m'as parlé de lui. Tu l'avais mis sur un piédestal. J'ai passé des nuits entières à examiner notre situation. Que pouvais-je t'apporter ? Des soucis et des charges. Je te respectais trop pour t'imposer de tels sacrifices. Tu n'étais pas prête pour endosser de pareilles responsabilités. Je te sentais si fragile. Tu méritais une autre vie. Toutes ces considérations m'ont abusé et fait croire que je n'avais pas le droit de prétendre à toi. C'est vrai. J'ai cédé à la facilité : pour ne pas te perdre j'ai menti. J'ai glissé dans la trappe de plus en plus bas. Le piège s'est refermé sur moi.

— Toi, tu m'en as tendu mille et le dernier m'assomme. je n'aurai pas assez d'une vie pour te détester. Et puis non, te détester reviendrait encore à t'aimer. Lorsque je t'ai rencontré, tu étais libre. Le coup est trop rude. Tu n'existes plus pour moi. Tu n'es qu'un opportuniste. Va-t'en hors de chez moi. Tiens, lui dit-elle en lui lançant ses vêtements, tu peux t'en voiler la face, elle ressemble à une ignoble balayure.

Combien Aude avait-elle été aveuglée par ses sentiments ? Il était bien loin le héros qu'elle avait paré de vertus ! Il avait pris maintenant les couleurs d'une poubelle. Non pas celle du riche aux repas variés et copieux, généreuse en denrées encore fraîches et colorées, mais celle du pauvre, aux détritus avariés, moisis, et bourrée de papiers jaunes et crasseux. Par quelle aberration lui avait-il soutenu qu'il irait la chercher jusque-là ! Que le diable le laisse croupir au fond de la plus répugnante, et en referme le couvercle.

Luc rassemblait ses affaires, presque hagard.

— Du pays d'où je viens Nausicaa, je t'adresserai des vœux tous les jours, comme à une déesse.

— C'est cela Ulysse, retourne à Ithaque retrouver ta Pénélope et disparais pour toujours.

Aude aurait voulu le rappeler et lui dire une dernière fois :

— Luc, souviens-toi, hier d'amour tu m'enfonçais dans les flots. Aujourd'hui ta poigne brutale m'a maintenu la tête sous l'eau. Une fois, deux fois, et dans le ressac, tu m'as volontairement noyée.

Sous le cataclysme, telle l'Atlantide, Aude s'immergea dans les profondeurs abyssales de son inconscient.

*

Dans le monde mystérieux des fonds sous-marins, Aude, tel le roi Atlas, explorait son continent fabuleux et pouvait en faire l'état. Le comparer à celui de l'enfance peut paraître audacieux, et pourtant, il étalait comme elle ses richesses insoupçonnées et ses potentialités innombrables. Bâtisseur ambitieux, il imaginait aisément les monuments et les palais qu'il érigerait sur ce sol généreux et fertile.

Cependant, un stratigraphe éclairé, rompu à une chronologie scrupuleuse, pouvait déceler la faille au sein de la montagne centrale et détecter dans le défaut de sa structure les risques à venir. Il serait, dans nos temps modernes, l'équivalent du psychanalyste qui, lui, sonde les profondeurs de la psyché et fait remonter le trauma à la douleur mère : le deuil.

Celui-ci avait surgi dans la petite enfance et marqué de son poinçon indélébile la sensibilité de la petite Aude. Tout avait débuté avec la jeune Maye, fille d'une princesse d'Orient. Son charme exotique avait illuminé les premières années scolaires d'Aude. Mais le glas avait sonné pour son amie. Après une longue traversée qui la ramenait dans son pays, Maye succomba à une fièvre. Un après-midi, la mère d'Aude était venue attendre sa fille à la sortie de l'école. Elle avait l'air grave. Elle l'avait prise par la main et lui avait confié :

— Ma chérie, il te faudra être brave. Maye est morte. Tiens, prends ce bouquet pour sa maman. Elle est de retour et veut nous rencontrer. Nous allons lui rendre visite.

Alors, Aude s'en souvenait très bien, elle avait serré sur son cœur les roses blanches, les préférées de Maye, et l'avait faite entrer princesse dans la légende des Mille et une Nuits. La fillette s'imagina qu'elle n'avait pas été assez sage, car le ciel exigea plus tard la mort de son père, son héros. L'insouciance avait cédé la place à la mélancolie. Aude délaissait les jeux pour son journal intime. Sur les pages vierges, elle simulait une autre vie et s'inventait un idéal grandiose. Ainsi s'inscrivait-il dans son expérience et l'avait-il conditionnée.

Aujourd'hui, un médecin en blouse blanche avait arraché Aude à un état dépressif. Ensemble ils avaient colmaté la faille obscure de la montagne dans laquelle s'était engouffré jadis un autre abandon, celui refoulé de sa mère. Aude était guérie. Elle remontait aux créneaux de la vie.

De cette période, Aude gardait les traces d'un fragile équilibre. Il se révélait dans une fâcheuse habitude : l'onychophagie !

Elle se rongeait les ongles. Ce symptôme, qu'elle ne parvenait pas à éradiquer, trahissait par périodes son angoisse. Ce tic, elle le connaissait bien depuis son plus jeune âge. Il allait et venait, récurrent et fidèle au gré des traumatismes. Ses ongles amputés restituaient dans leur capital de rognures toutes les insatisfactions muettes du passé. Durant leur mariage, Charles avait réussi à l'en guérir. Hélas, il était bien loin ce temps-là !

Mélancolique ce dimanche matin, Aude se tenait à la fenêtre. Depuis la veille, la pluie n'avait cessé de tomber. Aude regardait ses mains. Elles n'étaient rien moins qu'une paire de prédateurs, s'exerçant en cachette à la lutte sournoise. Chacune épiait l'autre, doigt par doigt, ongle par ongle, jusqu'à l'attaque finale. Sa bouche contractée et gourmande entrait en action. Ses dents, véritables pilons d'ivoire, travaillaient sous leurs cuspides gourmandes au minutieux broyage.

Aude fixait la vitre. Celle-ci devenait l'écran sur lequel, à son insu, elle projetait ses souvenirs. Incorporé aux réalités floues et frémissantes du vis-à-vis, Luc, dans la transparence du voile d'eau, inlassablement resurgissait. Aude se surprit à mordiller avec acharnement les résidus de sa propre substance, jusqu'à ce que lui soit délivrée la fine bouillie. C'était une activité voluptueuse. Le broyat abrasé la détourna quelques instants de son invité invisible, fantôme instigateur de ces noces cannibales.

Tandis qu'elle arpentait sa chambre, elle céda honteuse au festin solitaire.

*

Avant de partir aux États-Unis, Sandra avait invité Aude à venir passer quelques jours dans la maison familiale à Annecy. Encore célibataire, elle avait signé un contrat avec un cabinet réputé de designers new-yorkais d'avant-garde. Les deux amies allaient être séparées pour une longue période.

C'était un grand plaisir d'être à nouveau réunies. Si le patriarche était absent de ces retrouvailles, les jeunes, déférents envers leur mère veuve, animaient l'atmosphère et la réchauffaient de leur exubérance. Max était le frère aîné de Sandra. Après elle étaient nées Sidonie et Émilie, les jumelles. Max terminait sa dernière année de médecine. Il était plein d'humour et jouait du charme slave hérité de son père.

— As-tu l'intention de te spécialiser? lui demanda Aude, au repas du soir.

— Oui, en chirurgie cardiaque. Tu sais, il n'y a pas de sot métier. Je finirai bien par trouver ton petit cœur!

Sidonie, elle, singeait son frère.

— Et vous, madame, lança-t-elle à Aude, méfiez-vous du joli cœur!

Max avait bien l'intention de le faire et s'y employa rapidement. Aude l'avait accompagné au golf. Sandra, restée sous le tilleul du jardin, étudiait ses dossiers. Aude et Max longeaient le lac.

— Je n'ai jamais fini de m'émerveiller de ce miracle, lui dit-il en direction de l'eau. Je me grise ici de liberté. Nous allons marcher. Puis nous irons prendre un verre dans un repaire de Bacchus. J'en connais un, excellent, tout près d'ici.

Aude sortait d'un exil amer. Dans ces lieux lumineux nimbés d'une douceur diaphane, il lui semblait être dans l'antichambre du paradis. Là, elle reprenait confiance et se ressourçait.

— J'avais envie de te parler, Aude, en tête-à-tête. Quand vas-tu autoriser un nouvel homme à bousculer ta vie ? J'ai senti hier dans tes propos à ma mère une résignation à la solitude. Tu n'as pas son âge pour t'y enfoncer.

— Je suis réticente au bonheur, peut-être parce qu'il me fuit. Il a trop exigé de moi, jusqu'au sacrifice de Charles.

— Ne lui fais pas en plus cadeau de ta jeunesse.

— Je fais l'apologie du passé parce qu'il masque les désillusions du présent. J'ai senti dernièrement mon cœur dans tous ses états. Je ne veux plus souffrir.

— La grandeur humaine se révèle dans le cœur, avec ses fièvres et ses excès. On oublie trop souvent que l'on paie aussi pour ce que l'on n'a pas osé faire ou cru devoir faire.

— De quelle façon ?

— Tout bêtement en désavouant la vie. Tu as opté courageusement pour elle, en disputant le présent au passé. C'est une victoire, malgré ton amertume.

— Max, je me retrouve dans une impasse et je m'en veux.

— Une impasse ? Rien n'est plus anonyme. Cela ne te ressemble guère. Tu vas en sortir, car là tu es étrangère à toi-même.

— Comment ?

— Accomplis-toi aussi dans la simplicité. Tu es asservie à l'exceptionnel. Ce n'est pas la règle. Il en découle beaucoup de risques. Les petits plaisirs génèrent de grandes richesses. Porte attention à la banalité. Aime-la, c'est un apprentissage. Apprends à le faire. Ainsi tu prêteras de l'esprit aux choses. Investis-toi sans préjugés dans toutes les formes de bonheur, car toutes nous sont nécessaires.

— Quel plaisir, Max, d'être en ta compagnie. Tu me communiques ton art de vivre. Tout paraît si simple avec toi ! Souhaitons que ta sagesse soit contagieuse, et que je persévère dans cette voie. Je garderai tes conseils en mémoire. Je te le promets.

— Ce sont ceux d'un dilettante au sens le plus noble du terme.

Il la saisit alors par la taille. L'iris de ses yeux avait pris la couleur givrée du lac. Ils en empruntaient aussi soudainement la profondeur inquiétante.

— Aude, tu es une femme très séduisante. Je voudrais te faire l'amour. Avec moi, tu n'as rien à craindre. Dis-moi, le désires-tu aussi ?

Aude fit volte-face, considérant avec étonnement l'homme qui osait briser leur amicale familiarité.

Son authenticité, sans impératif catégorique, hors de toute école, le rendait infiniment vivant et attirant. Avec lui, Aude n'avait plus peur. Elle ne doutait plus du monde extérieur. Elle sentit son désir s'ancrer dans les certitudes de Max et dans son sain appétit de vivre. Alors, Aude incorpora Max dans son regard, lequel par un troublant mimétisme prit les mêmes couleurs irisées du lac.

Aude devenait mouette, perchée sur son rocher, libre, indifférente aux passants. Ils se tenaient tous les deux sur le ponton. Tyr était inaccessible. Elle changea de cap. Joyeux, main dans la main, ils embarquèrent pour Cythère. Peut-être ce lien accidentel célébrait-il des noces païennes. Qu'importe ! Aude ne se posait plus de questions. Optimiste, elle avait répondu à la sollicitation de la jeunesse et relevé le défi.

Il avait eu un effet cathartique : celui d'exorciser le passé. Du moins cher lecteur, le croyait-elle.

*

Aude se rendait chaque matin à sa pharmacie, le cœur léger. Elle gouvernait sa vie telle une conductrice décontractée, sûre de sa route, qui fait roue libre, s'autorisant même des fantaisies nouvelles.

Un danger, cependant, s'acharnait en sourdine à en infléchir le cours tranquille. Il se nommait : Luc.

Depuis son retour, il harcelait Aude au téléphone presque quotidiennement, tantôt à l'officine, tantôt chez elle, bloquant même son répondeur. Il ne manquait pas d'audace en cherchant à renouer avec Aude. Que n'aurait-elle, il y a des mois, passé et repassé les bandes de ses messages jusqu'à les user pour écouter sa voix ! Aujourd'hui l'irruption intempestive de Luc dans son univers, loin de la combler, lui causait un malaise. Elle le déboutait jour après jour. Pourtant son insistance avait quelque chose de pathétique. Aude le ressentait. C'était une belle revanche et Aude le laissait, en pénitence. Une nuit cependant, intriguée par l'heure tardive des appels et leur répétition, elle commit la faute de répondre :

— Aude, si ton silence perdure, je n'aurai plus assez de jours pour me repentir.

— Ton chantage ne m'émeut guère. De nos jours on ne meurt plus d'amour !

— Toute conviction peut être démentie ! La tienne est tenace. Ta rancune est insatiable. Si je suis devenu ton ennemi, l'abîme entre nous me condamnera au désespoir. Tout sera perdu pour notre cause. Tu n'en as pas le droit.

— Toi mon ennemi ? Il me serait demandé plus de force pour te haïr qu'il ne m'en faut pour t'aimer encore. Mais tu oses parler de notre cause, voilà bien ta prétention.

— Elle peut être notre médiatrice. Je n'aurai pas l'indécence de minimiser ma faute. De mes errements la vérité a émergé et m'a dicté sa loi. Elle est implacable et supplée à tous mes discours. Mon amour pour toi s'enracine dans une nouvelle action et se traduit par des preuves. Ma volonté est inflexible.

— Tes paroles sont celles d'un velléitaire et rien de plus. Il n'y a pas d'alternative pour moi que le mépris devant ta dernière mascarade.

— Ma chérie, j'ai engagé le combat. J'ai quitté ma femme. J'habite maintenant Saint-Léger avec mes filles. Nous avons choisi de ne pas nous renier. Je n'ai pu me résigner à nous voir humiliés. Le simulacre a pris fin et nous avons retrouvé tous les trois notre équilibre. Il fallait que tu le saches. Je ne veux pas que mon silence soit complice de ta froideur et entérine l'échec de nos vies. Aude je t'aime, je n'aime que toi.

Qu'il était facile de s'abandonner aux sirènes de sa dialectique ! Elles ramenaient Aude à Tyr l'unique, au rythme de leurs chants envoûtants. Aude était la proue qui fend les profondeurs salées pour aller s'enivrer de l'absinthe fraîche de l'oasis. Luc l'attendait non loin de là sur l'isthme, près du puits de Ras El'Ain, construit en galets de mer. Déjà, elle apercevait l'aqueduc et la tour au milieu des figuiers et des orangers. Le décalage entre eux s'amenuisait, les enfermant dans la nasse de leur infaillible mémoire.

— Aude revoyons-nous. Mes filles te réclament chaque jour. J'ai conçu un rêve pour nous quatre. Si tu ne veux le partager, dis-moi au moins que nous resterons bons amis. Nous le devons à nos souvenirs et serons encore leurs débiteurs. On ne peut les détruire impunément.

— Luc, les miens sont des colombes. Je leur ai promis la liberté. Elles ne savent qu'en faire. Elles reviennent inlassablement dans leur espace d'amour.

Luc lui proposa alors de venir à Saint-Léger.

— Réfléchis. Tu n'as rien à perdre, sinon le temps d'un week-end. De toute façon je ferai ce qui te convient. Si ta réponse est négative, je m'engage sur l'honneur à ne plus jamais t'importuner.

Ce fut l'épilogue de leur entretien.

*

Aude vit Claire en premier.

Il était là son petit oiseau des îles, immobile sur le quai, dans sa redingote bleue, un béret incliné, semblable à une huppe rouge. Elle tenait son père fièrement d'une main. De l'autre, elle portait un bouquet de fleurs des champs avec la timidité d'une jeune mariée. Ils se tenaient debout sous l'horloge. Le couple qu'ils formaient était si singulier dans sa composition qu'il semblait de loin dessiné par un peintre naïf. Il était une exception dans un monde banal et vulgaire. Que n'avait-elle fixé dans un album cette image désuète !

Aude les aborda simplement. Leur trio exprimait la force tranquille d'une famille qui se recompose après une séparation. La respectueuse révérence de Claire démentait cependant qu'Aude était sa mère. Sa fibre en vibra néanmoins, lorsque la petite fille lui dit avec une adorable spontanéité.

— Bonjour madame. Ce matin, j'ai mis des roses dans votre chambre. Nous vous attendions avec impatience, n'est-ce pas papa ?

Alors Aude la prit dans ses bras et elles scellèrent dans cette première étreinte le début d'un tendre attachement. Les présentations étaient réussies. Le regard de Luc baignait dans cette certitude.

— J'espère que vous avez fait un bon voyage, Aude. Vous allez découvrir notre belle province sous le soleil. Il a fait son apparition pour vous ce matin.

Ses propos étaient conventionnels, mais Aude percevait tout l'intérêt que Luc lui portait et qu'il cherchait à dissimuler. Le sien redoublait pour lui. Elle le découvrait père : il émanait de lui une bonté et une patience naturelles, l'amour semblait être le ressort suprême de ses gestes et de son comportement. Il y avait entre le père et la fille une telle complicité qu'il suffisait de les regarder pour comprendre.

— Que les citadins sont coupables ! Pourquoi s'entêter dans les grandes villes et les subir ? La nature nous donne ici ce qu'elle a de meilleur.

— Madame, intervint Claire, vous n'aimez donc pas la capitale ? Mon rêve serait d'y habiter. D'ailleurs papa a demandé sa mutation. Elle est très difficile à obtenir, vous savez. Mais si vous aimez la campagne, vous pouvez venir habiter ici avec nous, à la fin de la semaine, papa est d'accord.

Claire avait probablement vendu la mèche, car son père l'interrompit aussitôt.

— Ma chérie, tu risques d'ennuyer Aude. Faisons-lui la fête avec Sybille. À cette heure-ci elle doit être rentrée.

— Madame, nous sommes arrivés, s'écria Claire.

Le contraste était saisissant. Ils avaient délaissé le paysage grandiose pour aborder un petit chemin. Il s'affirma rapidement en une longue allée majestueuse, bordée de marronniers centenaires, plantés comme des majordomes pour saluer leurs maîtres.

La frondaison épaisse et sombre formait une voûte cathédrale. Les rayons de soleil la perçaient par endroits obliquement, l'embellissant de ces vitraux de lumière. Un silence presque religieux chargé de senteurs volatiles était troublé çà et là par quelques trilles aigus et l'on s'avançait comme à un office, subjugué dans cette nef terrestre. À son extrémité quelques bâtiments, disposés d'une façon anarchique, précédaient un château très ancien, de type moyenâgeux, flanqué d'une tour massive. Il se dégageait de l'ensemble une force imposante, que démentait cependant la simple cour carrée bordée latéralement de rosiers.

Ils y pénétraient lorsqu'un chien berger, rivé à sa chaîne, les accueillit bruyamment. Une voix autoritaire l'immobilisa presque aussitôt.

— Kim, tais-toi. Assez. Couche-toi.

Aude l'avait reconnue. Sybille venait à leur rencontre d'une démarche hardie, un tantinet masculine. Elle semblait se mouvoir complaisamment dans l'univers du sexe fort. Elle portait le feutre noir de son père, peut-être, à seize ans, en quête d'identité. Des bottes complétaient son attrayante panoplie. Tout en s'approchant d'Aude, elle jouait de sa cravache sur sa jambe, avec désinvolture. Elle s'exhibait avec une légère affectation et une singulière assurance qui ne semblaient nullement feintes. Il émanait d'elle une sensualité précoce pour son âge. Peut-être était-elle due à son sourire oblique et mesuré. Plus vraisemblablement, elle résultait de ses yeux, d'un étrange vert, dont le léger strabisme ajoutait une coquetterie charmante à sa juvénile séduction. Dans une prise de possession réciproque, bien qu'elle s'en défendît, Aude fut intuitivement portée envers elle à une certaine réserve.

— Je vous présente ma grande fille Sybille. Elle est une cavalière confirmée.

— Disons plutôt une cavalière convenable, encore capable de progrès. Papa me flatte, répondit-elle à son père, en le regardant, privilégiant cet interlocuteur aux dépens d'Aude.

— As-tu monté Vanoë ? s'enquit Luc. C'est la jument préférée de ma fille, dit-il à Aude.

— J'imagine qu'il existe entre elles une sérieuse connivence, intervint Aude.

— Vous ne pouvez mieux dire, lui rétorqua Sybille. Elle est née ici dans notre écurie. J'ai appris que son propriétaire avait besoin d'argent. Ne serait-ce pas le bon moment papa pour la négocier ?

— Ma belle, papa n'achètera jamais ta bête. Nous allons déménager, lui rétorqua Claire.

— Ça c'est bien la meilleure ! Mais depuis quand suis-je intéressée par l'avis de cette péronnelle ? Eh bien moi, je vais te donner le mien et tâche de t'en souvenir. Je resterai ici. Je respire cet air depuis ma naissance. Il faudra faire rouler un tracteur sur mon corps pour me traîner hors de ces lieux. Vous aurez tous ma mort sur la conscience, affirma-t-elle, cherchant cette fois-ci le regard d'Aude.

— Bien sûr, tu n'abandonneras jamais Vanoë, ni le beau Marc, poursuivit Claire d'un ton moqueur.

Cette dernière avait probablement chatouillé l'amour-propre de sa sœur ou piétiné sa chasse gardée, car Sybille mit Aude en garde :

— Vous le constatez. Claire est une vraie commère. C'est le plus anodin de ses défauts.

Ce divertissement enjoué, loin de déplaire à Aude, la charma. Elle entrait de plain-pied dans le jeu des deux adolescentes. Elles débordaient de vie l'une et l'autre. Elle les regardait faire. Sybille régnait incontestablement en maîtresse de maison et exerçait des droits chèrement acquis. Claire, la douce, se soumettait avec subtilité à sa volonté sans toutefois abdiquer sa personnalité. Toutes les deux se confondaient dans le respect qu'elles portaient à leur père dont elles étaient manifestement les muses.

Le déjeuner confirma les impressions de la jeune femme. À l'évidence, chacun se sentait solidaire de l'autre. Aude, exclue de cette communauté, ressentait le lien qui les unissait comme un authentique privilège.

Le déjeuner était délicieux. Elle en fit compliment à Luc.

— Vous m'aviez vanté les mérites culinaires de vos filles. Elles sont de vrais cordons-bleus.

— Il suffit de lire les recettes et d'appliquer les proportions, commenta Sybille. Évidemment, si on s'en remet au hasard comme les amateurs, ça ne pardonne pas !

— Bravo ! À ce niveau-là c'est plus qu'une aptitude, c'est un don. Votre jeune expérience le confirme déjà. Ne soyez donc pas modeste !

— Ce n'est pas sorcier vous en conviendrez, puisque c'est à la portée de Claire ! Vous allez apprécier son dessert. Depuis des semaines, elle nous gave de tartes au potiron. Elle ne risque pas de perdre la main avec un tel entraînement. Elle pourrait la confectionner les yeux bandés. Ce qui est sûr, c'est qu'avec si peu de fantaisie, elle ne retiendra pas son mari. À supposer qu'elle en trouve un !

— Ce n'est pas un mari que je veux retenir, mais quelqu'un d'autre et tu ne sauras pas qui, décréta Claire malicieusement en lorgnant Aude derrière ses lunettes.

— Cette personne devrait se sentir bien honorée, lui répondit Aude, si elle se trouve parmi nous. Après tout, en tant qu'invitée, je peux me sentir visée. N'est-ce pas Luc ?

Après le repas, Claire prit Aude par la main.

— Je dois choisir les rideaux de ma chambre. Papa m'a recommandé de vous demander votre avis.

Cette remarque toucha Aude. Tandis que sa jeune amie l'entraînait confiante au premier étage, Aude démêlait la complexité de ses sentiments intimes. Elle n'avait pas cessé d'être amoureuse du père, et pour cette raison, elle était déjà attirée par cette petite fille si attachante.

Aude allait pénétrer dans son univers avec le secret de ces deux sentiments étroitement entrelacés. Elle exprima son sincère ravissement dès l'entrée du nid. Il était bien à l'image de son occupante et avait de quoi chatouiller la curiosité d'Aude. Les poupées, les jouets en étaient exclus. Par contre, dans tous les coins, sur toutes les étagères, sur la table, des quantités de flacons miniatures et d'échantillons de parfum s'offraient à son attention.

— Claire, c'est une véritable parfumerie ! Quelle charmante idée. Tu n'es pas femme pour rien.

— J'ai débuté ma collection il y a deux ans. Jusqu'à aujourd'hui, j'ai rassemblé quatre cent vingt spécimens. J'en aurais davantage si Sybille ne venait m'en chiper quelques-uns lorsqu'elle sort avec Marc. Pauvre garçon, elle doit l'empester !

— Avec lesquels l'as-tu commencée ? T'en souviens-tu ?

— Avec ceux que m'a offerts Camilia. Ils viennent de Rome. Ce sont les deux plus beaux. Lorsque je voyagerai j'en rapporterai de tous les pays. Après je ferai des échanges.

À telle enseigne, on aurait pu passer des heures à inventorier les parfums ou à les comparer. Claire humait les fragrances capiteuses avec le sérieux d'un nez de Molinard. Puis, ayant fait sentir à Aude l'eau de toilette qu'elle préférait, elle en vaporisa les épaules de la jeune femme avec la compétence d'une professionnelle.

Maintenant il fallait s'occuper des rideaux. D'accord sur le choix de Claire, Aude lui conseilla d'autres embrasses. Sybille était la couturière. Claire voulut sur le champ lui porter la nouvelle.

Le domaine de Sybille était une tout autre affaire. Il fallait le conquérir. Elle était assise à son bureau. Kim à ses pieds veillait à ses prérogatives et jouait le Cerbère.

— Mademoiselle tient son journal intime ? demanda Claire.

— Exactement. Comme d'habitude tu viens polluer mes pensées.

— Je me suis confiée au mien fort longtemps, lui dit Aude, amusée. Je n'avais pas de meilleur ami.

Sa remarque n'entraînant aucun dialogue, Aude incita Claire à laisser sa sœur écrire tranquillement. C'est alors que Sybille, les rattrapant, esquissa un geste d'aimable ouverture et fit à Aude les honneurs.

C'était un petit musée équestre, exposant médailles et trophées. Là le cheval était adulé.

« Le cheval n'est point méchant, tout comme l'homme il le devient. »

La morale du poster collé au mur était explicite et difficile à récuser. Aude trouva même qu'il en disait long sur la mentalité de la cavalière. Tandis que la jeune femme se piquait de quelques conjectures au gré d'une discrète investigation, Aude remarqua un livre relié sur son bureau.

— Lisez-vous dans le stud-book la généalogie de quelque crack célèbre ? Ça doit être passionnant.

— Ça, dit Claire en le désignant d'un doigt accusateur, c'est le Bottin mondain. C'est son livre de chevet. Elle en est entichée !

— Cela vaut mieux que les aventures de Mickey !

Puis, donnant à ses goûts une noble justification, Sybille expliqua à Aude :

— Je m'intéresse à la généalogie et en particulier à l'héraldique. Il faut savoir d'où l'on vient et connaître ses racines. À chacun son hobby.

— Je viens de connaître celui de Claire. Le vôtre n'est pas en reste. À propos, n'est-il pas sage aussi de savoir où l'on va ? Pour l'heure, nous devrions rejoindre votre père. Il doit nous attendre.

— Mes filles n'ont-elles pas trop abusé de vous, Aude ? lui demanda Luc au pied de l'escalier.

— Pas du tout. Je suis enchantée de mes nouvelles compagnes.

Elle l'était en effet depuis son arrivée, sans prendre la peine de le masquer. Qui n'aurait dans ce contexte idyllique succombé à l'hospitalité charmante de ses hôtes ?

Tout persuadait Aude du bien-fondé de sa présence à Saint-Léger. Luc avec empressement lui approchait un fauteuil. Sybille à ses pieds jouait de la guitare. Claire tricotait en lui souriant avec des mines coquettes. Cette famille semblait être celle d'Aude qui s'engourdissait confiante au sein de ses membres. L'épreuve redoutée se transformait en gratification exceptionnelle, comparable à l'étrenne du Nouvel An, attendue par l'enfant durant douze longs mois. Acquise à tant de grâce, Aude goûtait le présent avec la promesse des bonheurs potentiels du lendemain. Tard dans la soirée, Luc et Aude se retrouvèrent enfin seuls.

— Aude, j'attends depuis ce matin le moment de te serrer dans mes bras. Ce fut presque une torture. Tu es là enfin à mes côtés. Mes filles t'ont déjà adoptée. Je les sens prêtes à t'offrir leurs cœurs. J'en suis si heureux ! Viens, allons de ce pas remercier la patronne de Saint-Léger.

Ils sortirent et, à la lueur d'une lampe, marchèrent jusqu'à la rocaille. À cette heure indue, l'allée cathédrale n'était plus qu'un gouffre noir sans repères. Luc le découpait successivement en cercles concentriques de lumière. Aude aurait pu être effrayée sans pour autant être accusée de faiblesse. Mais Luc apprivoisait sa peur.

Tel un courageux fantassin, elle bravait les ombres inquiétantes de la nuit, éprouvant aux côtés de Luc une volupté nouvelle. Elle arriva aveuglée au pied de l'autel de la Madone.

— Cette vierge protège Saint-Léger depuis plus de cent ans. Par chance, elle n'a jamais quitté cette place et a échappé par miracle aux vandales. Chaque fois que nous arrivons, nous venons la prier. C'est une tradition. Mes parents l'ont toujours respectée.

— Elle mérite votre dévotion. Je souhaite y associer ma sincère déférence.

Ô Seigneur ! Aude et Luc devaient t'apparaître bien petits vus de la voûte céleste, mais tu ne pouvais les accuser d'impiété. Soudainement Luc, inspiré, se mit à prier.

— Sainte Vierge, soyez compatissante. Je m'engage pour Aude dans une action d'amour. Soyez-en témoin. Guidez-moi dans l'unique souci d'accomplir cette mission afin que, sincère, je sois votre élu, soutenu par l'idée de votre perfection.

Une chouette vint ponctuer ses vœux d'un hululement. Puis ils firent le chemin en sens inverse. Luc éveillait constamment la curiosité de sa compagne.

— Si tu es seule, il te sera difficile la première fois de retrouver la rocaille. Écoute bien : tu vas à la tour. Tu prends le chemin à droite, jusqu'au pigeonnier. Là débute le bois de buis. Sur ta gauche, à cinquante mètres, il y a un banc de pierre, à l'abri des frênes. Ne l'oublie pas, il marque l'entrée de la chambre d'amour. Tu marches tout droit, derrière la contre-allée.

— La chambre d'amour dis-tu? Quel nom romantique. Je ne retiens que celui-là ! Il m'intrigue !

— C'est une très belle légende en effet qui est attachée à ces terres. Celle d'Eudes d'Ortincourt, cinquième seigneur de Saint-Léger. Très épris de Bérangère, il demanda en mariage l'élue de son cœur dans le petit bois. À quelque deux cents mètres d'ici, dans un certain chemin, on le suppose, elle lui accorda sa main. Pour graver ce lieu à jamais dans la mémoire de Saint-Léger, Eudes d'Ortincourt fit tailler les buis tout autour sur quatre côtés. Il fit venir des jardiniers du Piémont. Trente participèrent à son ambitieux projet. Un an fut nécessaire pour réaliser toutes les astuces esthétiques. La veille des noces, il offrit à Bérangère ce cabinet de verdure, conquis sur le bois, et l'appela la chambre d'amour. C'est une prouesse comme seule la passion est capable d'en inspirer. Tu es à l'abri dans une sorte de grand salon végétal à ciel ouvert. Bien que la plupart des embellissements aient disparu au cours des temps, tu le verras c'est une retraite magique.

— Luc, ne pouvons-nous y aller avant de rentrer? Je suis subjuguée !

— Ma chérie, il est beaucoup trop tard. Nous y viendrons demain, je te le promets. Compte tenu de l'heure tu ne connaîtras ce soir que mon refuge. J'espère qu'il te plaira tout autant.

Les amants du petit bois ne l'auraient pas désavoué pour leur nouvel hyménée. Aude en fut rapidement convaincue.

La chambre de Luc se trouvait dans la tour surplombant l'allée. Elle était hexagonale. Les fenêtres à meneaux s'ouvraient à cette hauteur sur une végétation inquiétante tant elle était généreuse. Elle était prolongée à l'ouest par une petite terrasse, encastrée dans les murs, suspendue elle aussi au-dessus de l'îlot de verdure. Elle était une avant-scène où l'on cédait, selon son tempérament, au vertige ou bien au rêve. Mais l'intérêt était ailleurs.

Luc avait entraîné Aude tout près de la cheminée vers une porte dissimulée derrière une boiserie de chêne. Elle donnait sur une échappée circulaire mitoyenne vers laquelle convergeaient les regards. Elle invitait Aude à la dérobée de ses colonnes de marbre sous une coupole polychrome. Son plafond était peint en trompe-l'œil dans l'esprit du XVIIIe siècle, d'un ciel bleu de nuit constellé d'étoiles. Au centre, un angelot joufflu, porté sur des nues pastel aux couleurs détrempées, sonnait de la trompette. C'était un petit chef-d'œuvre. Là dans ce temple, dédié à Vénus, Aude redevint la Belle du Seigneur.

Ils restèrent enlacés jusqu'au lever du jour, coupés des réalités du monde. Seul un duganel veillait.

— Tu entends le duganel ? murmura Luc.

Malheureusement, une main implacable renversait le sablier du temps et par impulsions le décomptait. Le week-end toucha à sa fin et avec lui toute la poésie des forces irrécusables qui enchaînaient Aude et Luc. Avant de la quitter, Luc insista.

— Dès cette semaine, j'entame des pourparlers avec Johanna. Je veux célébrer notre union dès que possible. Fais-moi confiance.

Sur le quai, ils formaient maintenant un quatuor.

Claire se mit à pleurer. Sybille la rudoya gentiment.

— Mais quand vas-tu cesser de pleurnicher ? Ma pauvre petite, tu resteras toujours un bébé.

Aude dut la consoler. Elle les abandonna tous les trois muets, chère effigie, sous la pendule.

*

Pour la première fois depuis des années, Aude faisait une analyse critique de sa profession. L'idée de la dénigrer était loin de ses pensées. Après le décès de Charles, elle avait comblé la vacuité soudaine de son existence. Aude avait mobilisé toute son attention sur sa pharmacie. Bien secondée par une associée, la notoriété de l'officine avait répondu à cette logique. Les ordonnances, les commandes, combien tout cela lui paraissait secondaire maintenant. Quant à la rentabilité, elle la jugeait de plus en plus contraignante, lui interdisant de relâcher le moindre effort.

La vraie vie, Aude la découvrait avec Luc et ses filles. Elle goûtait d'autres joies, bien plus intenses. Elles jaillissaient du quotidien dans un feu d'artifice aux mille couleurs avec la surprise de son bouquet final et de la pluie d'étincelles. Bien sûr il y avait les projets, les difficultés à résoudre, mais rien n'était statique ou répétitif. On se renouvelait soi-même dans le dynamisme et l'optimisme de la jeunesse. Plaqué sur le cadre exceptionnel de Saint-Léger, avec les valeurs authentiques et encore respectées du monde rural, cet art de vivre se trouvait à l'opposé du modèle citadin artificiel et déshumanisé. Ils étaient deux mondes opaques, antinomiques dans leur essence. Aude glissait de l'un à l'autre, au prix de tensions successives, sans avoir à faire un choix définitif. Au fil des séjours à Saint-Léger, les filles de Luc et Aude s'étaient apprivoisées. La jeune femme arriva à la veille des vacances d'été, délestée, le croyait-elle, des soucis d'adaptation.

L'heure cependant n'était pas au triomphalisme. Les difficultés venaient de Sybille. Elle ne sortait plus avec Marc, le fils du hobereau voisin dont elle ne partageait plus que la passion équestre. Elle venait de l'apprendre : une blonde walkyrie qu'il entraînait au manège avait prestement conquis son cœur volage. Sybille l'admettait difficilement : elle était détrônée.

L'irruption de cette rivale dans sa vie et sur le terrain de son sport favori la rendait agressive. Elle reporta sur Aude la déception de cette trahison, renforcée de la perte d'un autre monopole : celui de son père. À un âge où l'on choie les exclusivités, Aude lui apparut comme sa plus grande ennemie. Sa présence à Saint-Léger lui était insupportable. Tout en se pliant aux nécessités minimales de la vie, Sybille infiltrait leurs rapports d'une jalousie rampante. Souvent, elle tentait d'acheter les bonnes grâces d'Aude. Elle les mendiait avec une telle humilité dans le regard, elle mettait tant de sincérité dans son sourire, qu'Aude plus d'une fois fut prise au piège de sa comédie. Celle-ci avait fini par repérer que sa compagnie était toujours intéressée. Sybille était coquette. Elle souhaitait obtenir rapidement ce dont elle avait envie. Elle en préméditait les moyens et usait envers Aude, à cette fin, de procédés peu recommandables. L'expérience avait appris à Aude à mettre un frein à sa générosité naturelle. Cette comptabilité contrôlée était loin de les réconcilier.

Aude décida de s'en ouvrir à Luc.

— Luc, je suis inquiète. Sybille traverse une crise. Je ne sais plus par quel biais l'aborder. Que faire, comment puis-je l'aider ?

— Ma chérie, je ne suis pas aveugle. Cet état est classique à son âge. Sybille évoluera. Tout rentrera dans l'ordre lorsqu'elle s'affranchira de nous et reprendra confiance en elle.

— Elle est déjà indépendante et mène une existence presque parallèle. Malgré cela, je me sens très impliquée dans son comportement.

— Je suis le premier à l'être et j'en porte seul la responsabilité. Soyons justes. Depuis le décès de sa mère, je n'ai pas réussi à lui apporter la stabilité. Je l'ai bien tenté avec Johanna mais ce fut un échec. Ma fille ne m'en a jamais fait le moindre reproche. Sous ses allures émancipées, elle cache de profondes blessures. C'est pourquoi je désire que nous lui offrions ensemble et le plus vite possible le foyer familial dont elle a besoin.

— Sybille mettra du temps à reprendre confiance. C'est grave parce qu'elle est femme. Elle donnera la vie avant d'avoir compris la sienne.

Renvoyée aux injustices de sa propre existence, Aude compatissait. N'était-ce pas elle l'adulte ? Elle se devait d'être plus indulgente et aller à la rencontre de Sybille. Il n'était pas question d'inverser les rôles. Aude l'aiderait à surmonter son mal-être.

Sybille parut avoir écouté aux portes car, dès le lendemain, elle mit à l'épreuve les bonnes résolutions d'Aude. Luc était en voyage d'affaires. Claire, invitée par les parents de Camilia, passait une semaine au bord de la mer. Sybille étant absente pour la journée, Aude restait seule et espérait se relaxer. Tandis qu'elle traversait le corridor pour aller prendre son petit-déjeuner, le regard d'Aude croisa celui de Béatrice. Non ! Ce n'était pas une hallucination ; Sybille avait bien intentionnellement disposé sur son passage des portraits de sa mère. C'était consternant ! Le premier avait pris place dans l'entrée, sur la console. Il représentait la défunte, en pied, les cheveux au vent au bord d'une rivière. Le deuxième était posé sur une commode du salon. C'était plutôt une photographie de famille. Béatrice était assise, Luc se tenait près d'elle, tous deux entourés de leurs enfants.

Aude avait saisi les signifiants. Pour la première fois, Sybille, généralement discrète sur le sujet, la provoquait et guettait ses réactions.

La jeune femme prit la décision de respecter cette présence et déposa une fleur devant chaque portrait. À son retour, Sybille ne dit mot. Elle vaqua quelque temps, puis monta directement dans sa chambre. Aude n'entendit que le claquement de sa porte. Le lendemain, il n'y avait plus trace de l'incident. Les deux portraits avaient disparu. Aude avait désamorcé la crise. Le silence devenait leur mode de communication. Sa méthode en valait une autre.

La vie à Saint-Léger s'écoulait dans ce contexte. Sybille s'employait à le rendre de plus en plus difficile. Il exigeait d'Aude beaucoup de doigté et de délicatesse. Mais avec quelle joie Aude et Luc faussaient-ils compagnie aux deux filles pour courir vers la chambre d'amour !

Luc n'avait rien exagéré ! C'était un exploit d'horticulteurs, une architecture de buis, offerte au ciel. Dans cette serre improvisée, les oiseaux déchaînés s'en donnaient à cœur joie. Luc s'amusait à entendre siffler Aude. Quelquefois il lui donnait la réplique. La voix éclaircie et bien en gorge, leurs trémolos se fondaient dans un duo improvisé.

Souvent Aude s'étendait sur le banc. Sa tête reposait sur les genoux de Luc. Elle fixait le ciel estampillé d'étoiles comme si elle trouvait dans cette immensité la clé de cette ineffable perfection. Luc voyait loin lorsque, usant d'un don d'ubiquité, il répondait aux vœux d'Aude.

— Les pourparlers avec Johanna sont bien engagés. La transaction finale bute sur quelques points, mais nos avocats se rapprochent dans leurs conclusions. Je pense, ma chérie, qu'un heureux dénouement est proche.

Luc, tel Pangloss, était optimiste. Tout était pour le mieux dans le meilleur des mondes possibles. L'espoir venait de Luc, de leur état de passion et modelait leur rêve.

TROISIÈME PARTIE

Le destin donna bientôt à Luc le gage éclatant de sa bienveillance en lui octroyant la direction tant convoitée. Enthousiaste, il rejoignit Aude à la rentrée avec ses filles. Sybille avait bien grincé des dents et tenté de les diviser sans succès. Elle avait fini par admettre les avantages du changement et spéculait dès lors sur ses bénéfices. L'éloignement la démarquait de Marc qu'elle avait expurgé de ses pensées. L'absence laissait place aux possibilités nouvelles. Les allées et venues accentuant à la longue sa fatigue nerveuse, Aude avait accueilli cette nomination avec soulagement.

L'appartement de fonction avait épargné les recherches. Même si Aude conservait son domicile, une étape importante était franchie. La première à le faire fut Sybille. En changeant de région, elle semblait avoir troqué sans regret ses habitudes rustiques contre celles sophistiquées de son nouvel environnement. Elle avait exigé d'être inscrite avec sa sœur dans l'institut sélect de l'arrondissement cossu de leur résidence. Elle participait à de nombreux rallyes où la lecture du Bottin mondain lui tenait lieu de carte routière. Elle épluchait sérieusement les titres de ses amis et sélectionnait ses relations en fonction de leurs châteaux. Elle tentait bien de trouver un écho auprès de Claire. Mais dans le contexte identique dans lequel elles évoluaient, sa petite sœur restait la même et opposait au snobisme de Sybille une authentique simplicité. Leur entente souffrait de ces divergences. Ce soir-là, elles dînaient toutes les deux d'une légère collation. Aude attendait

Luc. Claire avait préparé une salade. Sybille, d'un geste dégoûté, repoussa le plat sur la table.

— Quelle chichiteuse ! lança Claire vexée à Sybille. Qu'a-t-elle donc ma salade pour te déplaire. Hier déjà…

— Tes feuilles, bigleuse, regarde-les de plus près. Elles sont d'un vert douteux. Je le comprends maintenant, tu les as récupérées de la veille.

— C'est stupéfiant ! Depuis que tu es ici, tu ne fais que des histoires. À Saint-Léger, tu disais que c'étaient les meilleures feuilles, qu'elles étaient seulement déshydratées, qu'il fallait être économe !

— Ma pauvre petite ! Il n'y a que les imbéciles pour ne pas changer. Autres lieux, autres mœurs. Ici il y a d'autres priorités. Si tu manges des pissenlits comme une chèvre, tu fréquenteras les boucs. Je te mets en garde, fillette, si tu n'es pas plus difficile, tu épouseras un limaçon.

Sur cette réplique, Luc fit irruption.

— Voilà la plus belle des académies réunie. Je crains d'arriver à point pour philosopher !

Combien Aude aurait-elle aimé s'asseoir au Banquet de Platon et y trouver consolation !

Mais Luc était-il en mesure de comprendre à quel point sa compagne avait besoin d'y voir clair, d'apporter dans sa vie sagesse et logique ? Dans le vivier de leur communauté, les réactions psychologiques et les comportements n'étaient-ils pas des serpents de mer insaisissables ? Luc lui-même, pris dans la nasse de culpabilités inconscientes, ne pouvait en venir à bout. Réfractaire à beaucoup d'arguments, aux « il faut que, il n'y a qu'à », il plaçait la volonté au-dessus de tout. Ce qui lui importait, disait-il à Aude, c'était d'être « gardien d'amour ».

Si l'occasion se présentait ce soir en tête à tête, Aude monopoliserait la parole, elle exprimerait à Luc sa lassitude ; tant pis, elle l'abreuverait de ses inquiétudes et lui exposerait ses vues.

Elle lui crierait :

Que le mirage l'avait hypnotisée
Qu'il ne pouvait se dérouler à l'infini
Qu'il ne devait pas être une fin en soi
Qu'il fallait faire quelque chose de plus
Qu'il n'y avait qu'à… qu'il fallait que
Mais Luc l'entendrait-il ?

Les circonstances souhaitées par Aude firent défaut. Elle refusa d'être le jouet de ses états d'âme et se ressaisit. Les événements, pensait-elle, parleraient d'eux-mêmes et seraient éloquents un jour ou l'autre.

Les discussions aigres-douces de Sybille et de Claire étaient, elles aussi, porteuses de messages. Elles en délivraient quelquefois d'édifiants à l'attention d'Aude.

Ce fut le cas, à l'occasion d'un appel de Sacha. Ce garçon était un ami de Sybille, qu'elle trouvait trop assidu à son goût. Elle fit grief à sa sœur de l'avoir dérangée, en dépit de son interdiction.

— Tiens-le toi pour dit ! Lorsque Sacha me demande au téléphone, je veux toujours être pour lui l'étoile qui brille par son absence. C'est clair non ?

— J'ai cru bien faire. Sacha voulait t'inviter. Je trouve cela plutôt aimable. Il te rappellera. Mais il n'est pas dupe. À mon avis, il fait semblant parce qu'il est amoureux.

— Ce qui démontre que je n'ai pas besoin de le ménager. Il est drôle, j'en conviens. C'est là son grand mérite. Grand-mère avait ses pauvres, moi j'ai mon pitre. Il nous amuse bien !

— Ta comparaison est déplacée ! Et puis tu oublies que Sacha est un artiste.

— Il le prétend. Ah s'il en avait les dons ! En tout cas, j'en conviens, c'est un sympathique garçon qui sait rester à sa place !

— Évidemment tout serait différent s'il s'appelait Picasso.

— Ma fille, tu as tout compris. Remercions notre naissance de ce qu'elle nous a rendues exigeantes.

— Moi je la remercie de mes qualités et non de mes défauts. Je sais me regarder sans complaisance. Quelle pimbêche tu deviens ! Sur ce plan, tu rivalises avec ton amie Herminie ! On vous prendrait pour des jumelles. Quel défaut exécrable !

— Cela dépend pour qui. La séduction hautaine, petite sotte, certains hommes l'adorent ! Souvent même elle peut être aphrodisiaque !

— Pour les fats ou les masos. Merci pour le genre. Papa serait scandalisé par tes propos. Il nous a toujours enseigné nos devoirs et la simplicité. Il aime que nous soyons naturelles ; le contraire est une faute de goût. Regarde Aude.

— Ah oui nous y voilà, ta chère Aude ! Parlons-en. Sache qu'elle n'est pas mon modèle d'identification. Si je ne lui plais pas telle que je suis, cela m'est bien égal. Elle n'est pas mariée à papa. Il ne lui reste plus qu'à s'en aller. Ce n'est pas moi qui la retiendrais.

— Tu n'es qu'une ingrate. Tu oublies tout ce qu'Aude fait pour nous.

— Elle y trouve son intérêt, voilà tout.

Aude n'avait pas manifesté sa présence et subit les piques en silence. Elle aborda Claire avec une aisance délibérée car elle s'était maîtrisée une nouvelle fois.

— Claire, veux-tu me réciter ta leçon ? Es-tu prête ?

Sybille s'était interposée. Tel un coq de combat, elle tenait tête à l'adversaire !

— Ma sœur s'est suffisamment appliquée pour aujourd'hui. Vous tenez à tout prix à en faire une femme savante comme vous. Il n'y a que les besogneux pour avoir des diplômes. Nous, nous n'en aurons pas besoin. Nous hériterons de papa, chacune d'un château.

Sybille n'était pas naïve. Elle connaissait la portée des mots. Son dédain avait excédé Aude.

— Mon pauvre petit, pour être une femme savante, encore faut-il en avoir l'étoffe. Rassurez-vous, aujourd'hui vous me démontrez que vous êtes encore loin d'en avoir les capacités. Voilà bien longtemps que je n'avais entendu pareilles inepties. Moi qui vous croyais intelligente !

— Tout le monde peut se tromper. Vous n'êtes pas obligée de me supporter.

— Nous nous y efforcerions, votre père et moi, s'il le fallait. Mais croyez bien qu'il nous en coûterait beaucoup. Vous êtes déconcertante. À quoi riment exactement cette hostilité et ces propos désobligeants ? Et vos spéculations sur l'avenir ? Ne sont-elles pas indécentes ? Elles m'atteignent dans la déception qu'elles causeraient à votre père. Il est loin de le mériter. Vous devriez y réfléchir et mieux surveiller vos fréquentations.

Sybille n'avait pas baissé la garde. Elle releva le menton fièrement, assumant d'envenimer la querelle.

— J'en ai assez des sempiternelles leçons de morale. Tout à l'heure c'était ma sœur, maintenant c'est vous. Vous n'êtes pas ma mère pour me les faire.

— Elle serait tout autant choquée.

— Vous êtes bien mal placée pour me comprendre. Papa vous aime. On voit bien que vous ignorez les frustrations ! À vous, tout vous sourit. Ce n'est pas juste !

Et sur cette conclusion, elle lui faussa compagnie.

Combien elle se trompait, la chère enfant, en s'attachant aux apparences ! Sybille était de bonne foi. Elle ignorait les turbulences de la vie intérieure d'Aude provoquées par le mensonge de son père. Confrontée à la précarité de sa situation, il ne restait plus à Aude qu'à mieux la cerner et tenter de résoudre la quadrature du cercle.

*

Laure venait chercher sa sœur tous les jeudis à la pharmacie. Au cours du déjeuner, Aude lui fit part des nouvelles de la semaine.

— Laure, dans ce théâtre d'ombres, la grande absente est la femme de Luc.

— Autrement dit l'Arlésienne.

— Exactement, je la cherche en vain. Luc ne me donne aucun élément nouveau. Parfois j'ai l'impression qu'il se tait volontairement.

— Tu piétines, ta patience s'émousse.

— Oui, et je n'ose plus aborder le sujet. Dans un tel climat, tout me porte à la suspicion. Le doute me torture. Je suis tentée de lui faire des scènes. Qui le sait ? avec le temps je vais être métamorphosée en une odieuse mégère.

— Surveille-toi, Aude. Abstiens-toi de blâmer Luc. C'est le plus sûr moyen de l'éloigner de toi.

— Il m'aime. C'est son leitmotiv.

— Le tien aussi.

— Je ne cesse de me répéter ce que tu me dis, d'autant plus que je suis victime ensuite des reproches que je m'adresse. Tu le vois, Laure, c'est un cercle vicieux. Quand vais-je me réconcilier avec moi-même ? Je croyais pouvoir oublier son mensonge. Je n'ai fait que le refouler dans un rêve éveillé. Il tourne maintenant au cauchemar. C'était un mensonge si parfait, ciselé par un orfèvre, un mensonge d'art.

— C’est pourquoi tu l’as cru !

— Imagine dans ma tête une mécanique qui se met en marche. L’automate ne peut plus s’arrêter. Cela tourne à l’obsession.

— En croquant ce fruit défendu, je crains que tu n’aies violé ta nature. C’était une pomme véreuse. Ta conscience s’en souvient. Le bonheur se façonne dans cette matrice et n’y trouve plus ses ingrédients. Mais pourquoi un tel pessimisme aujourd’hui ?

— Je lutte sur plusieurs fronts. Il y a aussi les enfants. Sybille est hostile à toute complicité. J’avais pour but de créer l’harmonie autour de notre couple. Cette aspiration était probablement naïve. Heureusement, je me régénère dans la tendresse de Claire.

— N’est-ce pas le meilleur antidote ?

— Oui bien sûr. Si j’avais une fille, j’aimerais qu’elle lui ressemble.

— Claire le sait-elle ?

— Non, c’est inopportun. Elle pourrait s’en vanter auprès de sa sœur aînée. Afficher ma préférence pourrait activer leur animosité. Il y a déjà beaucoup de tension dans leurs rapports. En grandissant, Claire rejette la tutelle de sa sœur et revendique son autonomie.

— Par expérience, tu t’en tiens donc à une bienveillante neutralité.

— C’est en tout cas ma ligne de conduite. Luc s’immisce, rarement, dans leurs conflits. Il ne sait pas faire preuve d’autorité. Sybille est une redoutable enjôleuse. Elle a l’art de faire vibrer la corde paternelle. Luc y est très sensible.

— Parlent-elles parfois de leur petit frère Aurélien ?

— Curieusement c’est un sujet tabou. Voilà un autre paramètre qui m’échappe totalement.

— Aude, l’essentiel est ailleurs, j’en suis convaincue. Ce qui est urgent, c’est que tu pactises avec toi-même. Je te connais. Avec toi, il n’y a pas de compromis possible. Le contentieux devient lourd. Je crains que tu ne puisses poursuivre bien longtemps votre relation. Tu ne te contenteras pas de vivre dans une semi-obscurité.

La vérité s'imposera à toi dans toute son acuité et sera irréversible. Actuellement, elle n'est que provisoire et approximative. Je te fais confiance.

Cette prospective s'inscrivait dans le caractère d'Aude. L'idée de Laure prit force et rassura Aude un certain temps.

*

Aude décida de souder leur communauté autour d'un autre pôle affectif et d'acquérir un chien.

Claire désirait être vétérinaire. Sybille languissait de Vanoë et de Kim, confiés aux soins des gardiens. Aude répondait sans restriction aux vœux de tous.

Elle contacta un chenil de teckels sérieux et réputé dans la campagne immédiate et réserva un mâle noir et feu à poil dur.

Un matin le téléphone sonna. Aude apprit que la femelle avait mis bas. Qu'il était prometteur l'avenir, cristallisé sur cette frêle existence nouvelle ! Claire, s'étant portée volontaire, accompagnait Aude, et toutes les deux étaient très excitées lorsqu'elles arrivèrent à destination. L'adresse ne correspondait pas à un chenil classique avec des box et des abris d'où s'échappent des aboiements déchirants assourdissant les oreilles. Aude crut même qu'elle s'était trompée dans son orientation. Curieusement c'était un sympathique pavillon de briques du début du siècle avec un charmant petit perron égayé de glycines. Une dame âgée vint les accueillir au portail. Elle engagea la conversation tandis qu'elles traversaient le jardin.

— Croyez-moi, madame, ce sont eux nos enfants. Nous consacrons toute notre retraite à l'élevage de cette race de teckels. Ah ! les chers petits ! Nous sommes bien récompensés ! Ils sont tous issus de champions internationaux. Vous ne pouvez en trouver de plus beaux. Vous jugerez par vous-mêmes ; nous sommes ici chez eux. Nous n'avons même plus de salle de bains.

Le spectacle était, il est vrai, des plus insolites. La pièce abritait plusieurs nichées. L'intrusion des trois femmes y sema la confusion tant les chiots se bousculèrent à leurs pieds, avides de caresses.

— Celui-ci vous est destiné.

Et elle en extirpa un de la mêlée.

— Madame, je regrette, déclara Aude, je désire le choisir. Vous ne pouvez me refuser cette faveur.

— C'est impossible, ils sont tous réservés.

— Eh bien faites une exception. Nous vous en serons reconnaissantes.

Sur ces entrefaites, le mari, monsieur Raymond, se présenta. Les deux acheteuses trouvèrent aussitôt en lui un allié de taille.

— Cette dame a raison, Berthe. J'ai entendu sa requête. Un chien ça se choisit. Après tout c'est comme un mari. Ils vont faire un bout de chemin ensemble. Donnons-lui satisfaction.

La partie était gagnée. Les teckels furent apportés dans la salle à manger. Là, sur le long tréteau de ferme qui servait de table et sur lequel l'homme les avait déposés, se joua la minute de vérité. Aude explorait avec émotion, à l'écoute d'elle-même, ce ballet miniature aux figures pataudes si touchantes, source de ses futurs attachements.

Le destin voulut qu'Aude fût adoptée par la plus espiègle des créatures. À coup sûr, c'était bien lui le maître de ballet, le meneur de la troupe. Il vint à elle, pitre lilliputien costumé de velours, clown titubant, écartant les uns, bousculant les autres, et dans ce show d'acrobaties la fit fondre. Aude tendit ses mains palpitantes à la rencontre de la fragile vie et lui offrit sa première niche d'amour.

— Madame, quel succès ! Vous tenez là le plus sensible, le plus intelligent de tous nos teckels. C'est une bête exceptionnelle. Nous désirions le garder. Vous savez, il en va des qualités des animaux comme de celles des humains. Depuis tant d'années, nous avons l'habitude. Celui-ci a un sacré caractère de charmeur ! Il ne manque pas de relief. Sachez qu'il va revendiquer la place d'un enfant.

— Je suis prête à la lui donner !

— Il vous procurera beaucoup de joies. En contrepartie, méfiez-vous. Il risque de devenir votre bête à chagrin.

La femme prononça ces paroles à la manière d'une voyante perdue dans l'étude de ses tarots. Puis, glissant un regard humide à son mari, sous ses paupières plissées, elle conclut :

— Celui-ci en particulier, nous le voulons heureux. Il ne ressemble à aucun autre. Surtout n'oubliez pas de nous donner de ses nouvelles. Il a déjà laissé en nous des traces profondes. Il est si attachant !

— Nous aurions honte à ne pas le faire. Je vous le promets, affirma Aude. Je ne vous cache pas combien je suis émue de cette adoption. Elle réveille en moi des sentiments complexes. Pardonnez-moi de vous les faire partager. En humanisant cette petite bête, je dois vous paraître bien ridicule !

— Mais pas du tout chère madame. Vous êtes pharmacienne à ce que je sais. Moi, j'étais psychologue à la maternité Sainte-Marguerite. Le langage nous apprend beaucoup, même s'il nous abuse parfois. La vérité s'inscrit aussi dans le non-dit. Elle ne se trompe jamais d'objet. J'ai reconnu dans la délicatesse de vos gestes, dans vos regards, un secret caché au fond de votre cœur. Hélas nous partageons la même frustration. Je l'ai compris. Vous n'avez pas d'enfant. La fillette qui vous accompagne n'est pas la vôtre.

Tandis qu'Aude la félicitait de sa clairvoyance, elles passèrent dans le bureau. Claire s'y trouvait déjà en compagnie de monsieur Raymond.

— Madame, confia-t-il à Aude, avant de signer les papiers, je dois vous faire une mise en garde. Vous êtes libre encore de tout engagement. Votre protégé présente un décalage dans le rapport des mâchoires. Nos amis orthodontistes parleraient d'une prognathie en faveur du haut. Cela va accentuer un profil aérodynamique très racé. Il est aussi le plus long de la portée. Il n'en sera que plus élégant !

— Dans ce cas, intervint Claire, s'il est fuselé, nous pourrons l'appeler Concorde !

— La comparaison de mademoiselle Claire illustre à merveille ses canons de beauté, n'est-ce pas Berthe ? déclara monsieur Raymond.

— Vous pouvez encore vous désister, suggéra Berthe.

— Ce défaut devient pour nous son dernier point d'excellence. Nous n'avons aucune objection à faire. Nous sommes conquises sans restriction, n'est-ce pas ma chérie ?

Il se faisait tard. Elles emportèrent l'adorable chiot dans l'euphorie, prêtes à céder à tous les caprices de leur mascotte.

*

Le chiot se hissa à ce rang honorable dès qu'il fit irruption dans leur vie.

Les effets de sa présence sur le quotidien furent immédiats, le bénéfice total.

Le cher petit compagnon incarnait une nouvelle étape dans l'évolution de leur existence, indépendamment des mobiles qui l'agitaient secrètement. Sa jeunesse fragile réussissait à fédérer tous les membres de la famille dans une tendresse commune. Bien sûr, il ignorait la complexité de leurs rapports, et cependant il les équilibrait en renforçant leurs liens de solidarité. Ils se sentaient tous aussi responsabilisés qu'envers un dernier-né, et l'on aurait pu jurer de la perfectibilité des caractères selon les circonstances. C'était mieux qu'une thérapie de groupe ! Il méritait bien tous les petits surnoms d'amour. Ils le débaptisèrent même pour celui de Roméo, qui les surpassait tous. Le chiot représentait cet élément vivant d'apaisement et de félicité sur lequel Aude transférait sa sollicitude tendre et émerveillée.

Combien de fois la mit-il à l'épreuve ! Il était un chien de ville, mais lorsque à Saint-Léger il se découvrit avec ivresse chien des champs, son intrépidité ne connut plus de limites.

Aude s'en souvenait très bien. C'était un dimanche après-midi, Sybille et Claire l'accompagnaient. Roméo gambadait à leurs côtés. Elles traversaient un petit pont enjambant les deux rives d'un ruisseau lorsque brusquement Roméo, buté, s'arrêta net. Il se mit à gratter la terre rageusement entre les pierres, tout près du bord. Dans son acharnement, il virevolta sur lui-même et d'un seul coup, elles le virent, toupie, tomber comme un caillou. Sa fourrure de nuit et de lumière se déploya tel un parachute, puis, se fondant sur les flots laiteux, sa robe prit les couleurs de celle d'une fatale Ophélie. Roméo flottait maintenant sur l'eau, en direction du moulin, en contrebas, là où le ruisseau devient un impétueux torrent.

Elles le crurent perdu et se lancèrent à l'assaut des berges accidentées. Saint Hubert protégeait le jeune chasseur, car il choisit pour lui un autre destin.

Roméo dérivait vers un rocher plat. Celui-ci devint sa planche de salut. Il rampa maladroitement sur l'îlot de fortune, et toutes les trois se jetèrent à l'eau. Il fut, on le devine, le plus fêté des rescapés.

Le soir, blottie dans les bras de Luc, Aude lui raconta l'exploit.

— Quelle qu'en soit la définition, j'ai vu sous mes yeux s'accomplir une sorte de miracle, dit-elle émue à Luc.

— Remercions la Providence, affirma-t-il, plus cartésien.

Le mauvais sort était conjuré. Alors ils célébrèrent la vie et firent l'amour. Ils atteignirent la frontière où s'arrêtent toutes les douleurs.

À l'instar d'un bébé, Roméo faisait, au fil des mois, l'apprentissage de l'existence. Rouée, elle lui tendait ses pièges, ne lui en épargnant aucun.

Gourmand, il manqua même de s'étouffer. Luc saisit l'urgence de la situation.

— Aude, il s'asphyxie. Attrape-le vite.

Ils parvinrent à lui ouvrir la gueule et, avec la dextérité d'un chirurgien, Luc réussit à extirper l'objet de convoitise.

Du crépuscule ils passaient à la lumière, du drame au comique. La vie était loin d'être monotone à Saint-Léger. Elle maniait leurs sentiments à la manière d'un stradivarius capable de rendre les sons les plus étonnants. Les acteurs eux-mêmes semblaient en attente d'émotions dans ce cadre étrangement poétique. Lorsque Aude vaquait à ses occupations dans celui plus restreint des pièces familiales, un archet invisible attaquait les cordes. Des portes majestueuses s'entrouvraient sur un opéra : Aude était consacrée diva.

C'est ainsi que, la veille de leur départ, elle s'était réfugiée dans la chambre désaffectée des parents de Luc. À première vue, la pièce portait l'empreinte de la génération précédente. Elle n'avait ni confort, ni frivolité, et pourtant chaque objet semblait faire un clin d'œil à Aude et l'interpeller. Dans la simplicité de ces murs poussiéreux, régnait l'odeur surannée d'un culte oublié.

Aude aimait s'installer là avec respect et méditer. Elle était dans cette disposition d'esprit lorsque Luc entra :

— Aude, je te cherche partout. Pourquoi ne m'as-tu pas invité à te suivre ? Il n'y a pas de lieu où je me sente plus heureux qu'ici avec toi.

— Je faisais sécher mes cheveux. L'opération est presque terminée.

— Eh bien, laisse-moi m'improviser Figaro pour la chevelure de ma princesse.

Aude était assise devant l'armoire, immobile, de crainte de voir s'évanouir dans la glace cette scène singulière. Luc se tenait debout derrière elle. Ses mains expertes d'amour dans ses blondes ondulations semblaient être le point d'appel de toutes les vibrations ambiantes. Luc goûtait en silence les transports de son artistique besogne. Ses yeux fixés sur les tresses d'or semblaient les tinter d'azur tant il s'appliquait, avec passion, à les disposer en diadème. Aude s'abandonnait à son doigté voluptueux qui savait apporter une fantaisie nouvelle au flamboyant modèle. Qu'il était talentueux le Pygmalion ! Soumise à ses caprices, il émancipait l'impératrice de cire en une ravissante poupée de chair, casquée de boucles et de crans. Satisfaite de ses métamorphoses à ce stade de séduction, Aude lui confia :

— Mon cœur, lorsque je serai une dame très âgée, j'autoriserai mon cher Figaro à me couper les cheveux. Tu me coifferas à la lionne. Je porterai une tunique en dentelle et j'aurai des bagues aux doigts. Je te servirai le thé ici même sur cette table où s'alanguissent les hortensias séchés et tu me feras la cour comme autrefois.

À défaut du futur, Aude imaginait l'avenir du futur. Dans cette pièce où l'équilibre était donné par le gage du temps, Luc, réassuré dans ses fantasmes, se confortait dans une orgueilleuse virilité. Il lui prit la tête dans les mains, la pénétrant du regard.

— Aude, tu vois, c'est dans ce lit que j'ai été conçu. Mes parents y ont dormi ensemble jusqu'au décès de ma mère. Je ne peux plus gouverner mon cœur. Faisons l'amour ici, à cette place. C'est une folie. Pourquoi me donnes-tu un tel désir d'enfant ? Je t'aime, Aude, donne-toi à moi sans restriction.

C'était une supplication. Luc le pressentait : Aude allait lui exprimer ses réticences et lui en faire l'inventaire maladroit. Il décida d'y couper court :

— Ma chérie, ne t'esquive pas ; ne sacrifie pas cette pulsion unique sur l'autel de certaines conventions. Ayons une volonté commune, celle de pérenniser ma lignée. Donnons la vie au plus désiré des enfants de l'amour.

Durant ces instants intenses, Aude menait un rude combat. Elle se découvrit elle-même, dans sa soumission.

— Luc, je t'aime. Oui, je t'aime. Je le veux aussi, autant que toi, plus que toi !

Sans plus attendre, dans un élan réciproque, ils quittèrent ce monde incertain. Ils atteignirent un continent vierge, où leurs corps étaient en état d'apesanteur. Là, ils inventèrent l'amour. Les amants s'identifiaient l'un à l'autre. Le monde entier se réconciliait.

*

La trêve ne fut pas de longue durée. Sybille reprenait le devant de la scène. Roméo devenait son souffre-douleur. Il avait légèrement détérioré le fauteuil Voltaire de sa chambre et endommagé, pleurait-elle, son patrimoine.

Elle avait corrigé le coupable sans indulgence, ni ménagement. Aude avait chapitré Sybille sans regrets. Les hostilités étaient à nouveau déclarées.

C'était l'hiver à Saint-Léger. Aude avait réussi à entraîner Sybille et Claire dans une promenade matinale. Elles longeaient les champs grisâtres en file indienne. Au détour de la route sinueuse, elles aperçurent une poulette blanche, égarée dans les sillons dénudés, à la recherche de quelque maigre pitance. Aude ne sut quelle métalogique la saisit mais elle pressentit le scénario comme si elle en était l'auteur. Dans ce paysage déshérité, Roméo avait repéré l'imprudente. Il s'immobilisa et, pointant son museau de Pinocchio à l'affût de la bonne aubaine, d'un bond la rejoignit. Elles étaient toutes les trois spectatrices au théâtre de l'instinct animal. Elles ne pouvaient suivre que de loin le déroulement d'un comportement inscrit dans la nature. Elles virent le volatile s'affoler, sautiller, puis voleter dans un nuage de plumes, pauvre marionnette, au gré des espiègleries canines. La malheureuse victime tenta bien une dernière fois de décoller de terre. Hélas ses forces, avec elle, expirèrent et elle retomba inerte.

La jeune troupe était accourue. Un couple de fermiers, sorti de la grange voisine, la rejoignit et constata le forfait.

— C'est qu'elle n'est point morte encore la Sauvagette, pas vrai l'Albertine ?

— C'est tout comme, commenta Sybille sur un ton quérulent. Ce chien est dangereux. Il casse. Maintenant il tue les poules comme les renards. Il faut le faire piquer. C'est urgent. Ma parole, il est fou.

— C’est toi qui es folle, ma pauvre, coupa Claire. Je vous en prie monsieur, ne l’écoutez pas. Elle exagère.

— Monsieur, je suis infiniment désolée, dit Aude. Veuillez nous pardonner.

— C’est qu’il est bin curieux d’la vie votre p’tit monsieur. C’est bin de son âge. Ça doit être un sacré chasseur.

— Je n’en sais rien, lui répliqua Aude, sincère et sous le choc. Je vous l’assure, c’est la première fois. Il ne chasse que les lézards ou les papillons.

— Moi je v’oul dis qu’avec ces pattes-là, il tindrait bin tête à un sanglier !

— Ce chien mérite au moins une correction, je m’en charge.

Alors, faisant son miel de la situation, Sybille réussit à empoigner Roméo et lui administra une sévère correction. Aude ne l’avait jamais frappé. Loin d’elle, il couinait à fendre l’âme. Sybille, déchaînée, libérait sa rage.

— Assez, hurla Aude au jeune bourreau. Sybille lâchez-le, je vous l’ordonne !

Le fermier s’était éloigné. Claire pleurait. Aude, reprenant la situation en main, se tourna vers la paysanne :

— Nous sommes en dette envers vous. Je désire au moins vous régler le prix de cette pauvre bête.

— Vous êtes les dames du château ?

— En effet. Nous sommes vos voisins.

— Ne vous inquiétez plus. La Sauvagette v’la bin maintenant qu’elle a fini d’souffrir, trancha le fermier en brandissant son couteau. L’Albertine l’accommodera bin dans sa casserole. Mais qu’le Roméo, j’li prenne pas. Qu’il vienne plus chez nous courtiser sa Juliette !

*

Depuis la mort de la Sauvagette, Aude ramait à contre-courant dans l'océan des signes avant-coureurs de la tempête. Sybille ruminait sa vengeance. Il n'était plus question pour Aude d'aller le soir l'embrasser dans sa chambre. Un écriteau pendait à sa porte : « Ne pas déranger ». La fille de Luc s'enfermait dans d'interminables bouderies qu'un rien déclenchait sur le champ. Mais pour que la ficelle ne soit pas visible, elle déliait devant son père une langue doucereuse. Aude, tel le pêcheur qui connaît sa palangre, était la seule à discerner les nœuds et tentait de dénouer les plus compliqués. C'était une bataille où les nerfs étaient en jeu, car Sybille savait se tenir intelligemment sur la ligne d'usage.

Elle s'en écarta cependant le soir de la Saint-Sylvestre. Avec une liberté d'expression irrévérencieuse, elle dévoila son jeu.

Pour la troisième année consécutive, ils s'étaient réunis pour le réveillon à Saint-Léger. La mèche prit feu après le souper. Sybille discutait avec son père tout en surveillant sa sœur installer la sono. C'était peu avant minuit. L'attente rendait l'atmosphère électrique. Luc invita Aude à danser. Elle s'élança avec lui, aérienne sur la piste où ils s'enlacèrent tendrement.

— Ma chérie, quel est ton secret ? Tu as un don de lumière. Ce soir tout rayonne autour de toi.

L'espace d'un éclair Aude croisa le regard haineux de Sybille. Lorsque l'horloge frappa les douze coups de minuit, Luc et Aude s'abandonnèrent dans le plus voluptueux des baisers. On applaudit, puis ce fut l'effusion des embrassades et des vœux. Aude en profita pour se rapprocher de Sybille. Elle lui offrit des friandises avec l'espoir de la dérider.

— Nous sommes les dernières à nous souhaiter la nouvelle année, mais il n'est pas trop tard. Je désire sincèrement que vous soyez heureuse, vraiment très heureuse.

— Eh bien moi, je vous souhaite tout le contraire.

Puis forçant sur le timbre de sa voix, elle singea Aude :

— Je désire pour vous une très mauvaise année, oui vraiment une très mauvaise année !

— Voilà un venin promptement lancé qui a le mérite de ne pas être anonyme. Je sais maintenant à quoi m'en tenir. Sachez que j'aurais préféré être sourde à vos méchancetés. Vous êtes agressive comme d'habitude. C'est bon signe. Quant à votre déclaration de guerre, vous auriez pu la différer d'un jour. Ma chère, quel manque de tact !

Pour la première fois cette nuit-là, il vint à l'esprit d'Aude de quitter Luc. Il lui semblait perdre confiance pour la seconde fois. L'insomnie la guettait. C'était l'An I de grâce pour Sybille.

*

Aude aurait dû parler à Luc de cette mésentente, mais elle ne voulut pas l'officialiser. Mieux valait ne pas ouvrir la boîte de Pandore.

Aude n'était pas sûre qu'il puisse la comprendre. Devant son père, les rapports chaleureux que Sybille entretenait avec Aude relevaient d'un savant artifice. Mais dès que Luc avait le dos tourné, elle renonçait à toute amabilité et maniait volontiers les provocations. Elle le faisait avec un art consommé pour son âge. Elle les manipulait avec le doigté d'un habile orfèvre ajustant ses pierres précieuses selon un artistique trompe-l'œil.

Le seul point concernant ses filles sur lequel Luc se montrait intransigeant s'avérait être celui de leur éducation. Il combattait volontiers le défaut de Sybille qu'il appelait son « aristomanie » et restait très pointilleux sur le sujet. Sybille l'alimentait parfois avec de tels arguments qu'elle en devenait ridicule. À plusieurs reprises, elle avait déclenché la colère de son père. Un après-midi où ils étaient tous les quatre réunis, Luc la censura sévèrement lorsqu'elle prit Aude à partie.

— Quelle idée d'avoir appelé ce chien Roméo ! ironisa Sybille. Pourquoi l'avoir débaptisé ? Noc de Kenler. Voilà un nom plus élégant. Il faisait honneur au nôtre.

— Tu as la mémoire bien courte ma fille, intervint Luc. Lorsque je l'ai vu pour la première fois, je vous ai dit : « Celui-ci sera un sacré Roméo ! » Je venais de vous lire son pedigree et de compter ses grains de beauté. Vous avez en chœur acquiescé à ma proposition de le surnommer Roméo ! Nous avons tous ri. Cela lui allait si bien ! Ma chérie, tu n'étais pas la dernière !

— Mais dites-moi Sybille, enchaîna Aude, Noc de Kenler faisait honneur à votre nom, cela veut dire quoi exactement ?

Sybille fit mine de ne pas entendre. Aude lui reposa la question une deuxième fois.

— Cela veut dire quoi exactement ?

— Peut-être qu'elle ne connaît pas Shakespeare ou n'apprécie pas la fantaisie de papa ! s'exclama Claire, ravie de son explication.

Le débat s'élargissait à Luc maintenant.

— Sybille, Roméo restera toujours Noc de Kenler. Ce surnom ne lui enlève rien, bien au contraire !

— Eh bien oui, c'est comme moi, déclara Sybille. Je n'ai rien à prouver. Je porterai toujours le nom de Bellesfosses.

— Alors là, mon cœur, détrompe-toi ! lui rétorqua son père. Il se pourrait qu'un jour on t'affuble d'un fâcheux sobriquet pour se moquer de toi ! Ce soir tu encours celui de Mademoiselle de la Vanité !

— C'est charmant !

— Ou Mademoiselle Fossesbelles, insista Claire, prenant sa sœur à partie. Avoue-le, tu t'es encore disputée avec Camilia. Elle a traduit notre nom en verlan et te nomme ainsi derrière ton dos. Elle est plutôt fière de sa trouvaille !

— Le verlan, c'est quoi déjà ? demanda maladroitement Sybille à son père.

— Ma pauvre chérie, cela signifierait que chez toi l'endroit ne vaudrait pas l'envers, que tu serais plus large de face que de dos et que si l'on secouait tes paillettes on trouverait une précieuse ridicule.

— Fossesbelles ? C'est curieux, j'ai beau réfléchir, je ne connais aucun de mes ancêtres de ce nom-là !

— Quand vas-tu enfin comprendre qu'un tel comportement te dévalorise ?

— Puisque tu l'affirmes, papa, je n'ai rien à comprendre.

Et imperturbable, elle se dirigea vers la porte.

— Je ne t'ai pas élevée dans cet esprit-là, menaça-t-il Sybille en lui emboîtant le pas, bien au contraire ! Je ne reconnais plus ma fille ! Dans ce domaine au moins je vous veux exemplaires. Le contraire serait pour moi un terrible échec. Si tu ne te ressaisis pas, je n'hésiterai pas à te mettre en pension !

Lorsqu'il rejoignit Aude, Luc paraissait très contrarié. Aude dut tempérer ses réactions et le rassurer sur le comportement de sa fille. Il était celui d'une jeune fille révoltée avec ses mécanismes de défense. Peut-être une espèce de frime chère au cœur de l'adolescente instable et fière, s'appuyant maladroitement sur ses certitudes. Sybille était moins superficielle qu'elle ne le paraissait. Elle finirait bien par rentrer dans les rangs.

Le soir, Sybille ne parut pas au dîner. L'atmosphère restait tendue. Luc fit un long discours à Claire. Il n'admettait pas l'insolence de Sybille. Il n'était pas fier de sa fille aînée et allait sévir. L'affaire prenait des proportions insoupçonnées.

Aude ne parvint pas à dérider Luc. Ce fut elle, la dernière victime de Sybille, car celle-ci vint dans un rêve troubler le sommeil d'Aude, au petit matin :

Sybille, c'était bien elle, portait une tenue de trapéziste. Elle s'introduisait par la fenêtre dans la chambre d'Aude. Furieuse, elle la secouait violemment dans son lit.

— C'est comme vous, Aude, vous êtes pharmacienne. Vous auriez pu vous appeler Madame de l'Aspirine, ou Madame de la Quinine.

— Pourquoi pas, et si j'étais dentiste, Madame de la Canine !

— C'est pas mal non plus. Vous voyez très bien ce que je veux dire !

Des bruits avaient réveillé Aude. Des cris à côté redoublaient. Elle reconnut les voix de Sybille et de Claire. Bizarrement, il était question entre elles d'un limaçon. Puis ce fut le silence.

Elles avaient dû se réconcilier sur la leçon de biologie animale. À cette heure matinale, les récents incidents lui parurent sans gravité. L'humour de Sybille la fit même sourire ! Mais ça, voyons, c'était en rêve ! Aude regarda sa montre. Elle ne voulait pas réitérer son retard de la veille à la pharmacie. Aujourd'hui un travail très sérieux l'attendait. Elle se leva d'un bond, prête à assumer une lourde journée.

*

La semonce de Luc semblait avoir porté ses fruits. Sybille s'appliquait à donner satisfaction à son père et s'investissait davantage dans ses études. Elle prenait souvent Aude à témoin de ses efforts. Manifestement elle gagnait en maturité. Luc et Aude, chacun sur leur terrain respectif, relâchaient leur vigilance.

Lorsque Luc était absent, Aude retrouvait généralement Sybille et Claire en compagnie de Sacha. L'assiduité de leur ami semblait confirmer que les deux sœurs appréciaient sa bonhomie et sa décontraction.

Quelques jours avant le retour de Luc, Aude arriva chez lui à l'improviste. Les trois jeunes gens regardaient un feuilleton à la télévision. Elle avait traversé discrètement la galerie, mais, dans une glace, Sybille avait capté sa silhouette. L'héroïne du film était très sexy, pulpeuse à souhait, du type de celles qui aguichent les hommes.

— C'est incroyable, lança Sybille à la ronde. Cette fille est le portrait de Nicole, la nouvelle secrétaire de papa.

Aude avait entendu.

— Dis donc, ton père ne s'ennuie pas avec une telle minette, enchaîna Sacha, complice malgré lui. Compliments ! Il l'a bien choisie ! Celle-ci ferait bander un saint !

— Je te l'assure, c'est son sosie. Mon père vient tout juste de l'embaucher.

— Je l'ignorais, intervint Claire. C'est curieux, papa est allergique à la vulgarité.

— Ma petite, l'exception confirme la règle. Notre père ne la fait pas mentir. Il a bien raison.

— Celle-ci a une grosse poitrine. Elle la montre trop, fit remarquer Claire, offusquée.

— Toi, si tu l'as avantageuse, ne t'inquiète pas, lui rétorqua Sacha. Les hommes adorent ça. Moi le premier.

— Qu'elle en prenne de la graine, poursuivit Sybille en désignant sa sœur. Elle commence à être tracassée par le sujet.

— Au fait, votre future belle-mère n'est pas mal non plus.

— Elle y prend peine comme toutes les « has been », renchérit Sybille, lançant des œillades à la ronde. Si tu la voyais en ce moment, mon pauvre, tu changerais d'avis. À sa place, je chercherais vite l'adresse d'un bon chirurgien esthétique.

— Ma vieille, tu es franchement sévère. Je lui renouvellerais volontiers son bail. Vous mesdemoiselles, profitez bien de votre jeunesse, leur dit-il en plastronnant. Le règne de la femme est court !...

— En tout cas, ce n'est pas avec Aude que papa est parti. Pourquoi ne succomberait-il pas au charme de sa jeune secrétaire ? C'est un homme très séduisant. Toutes mes amies en raffolent. Aude aurait tendance à l'oublier. À sa place, je m'inquiéterai sérieusement.

— Aude est fatiguée en ce moment, affirma Claire, révoltée. Voilà tout. Elle s'en est confiée devant moi à sa sœur par téléphone. Papa l'aime. Il n'y a pas de danger. Tu exagères.

— Qu'en sais-tu, petite oie blanche ? Va donc te coucher, tu m'exaspères. Nous t'avons assez vue.

Aude allait intervenir. Elle s'avança à la rencontre de Claire. Mais que ses jambes étaient lourdes. Des boulets semblaient rivés à ses chevilles. Elle ne pouvait soulever les pieds. Ses pas étaient raides comme ceux d'un automate. Elle se sentit aspirée comme un fétu par une machine invisible. Mais où partait-elle ? Elle ne pouvait plus résister. Ce fut le trou, puis plus rien.

*

Aude se retrouva au lit. Le médecin était à son chevet.

— Madame, votre tension a brusquement chuté mais vous vous remettrez très bien, j'en suis sûr. C'est une simple alerte mais il faut vous ménager. Vous êtes surmenée. Tenez, prenez ce remède. Il est très efficace, vous le savez tout autant que moi. Mais rappelez-vous, le repos est le meilleur d'entre eux.

Luc était inquiet.

— J'ai appelé deux fois les enfants, dit-il à Aude le soir au téléphone. J'écourte mes rendez-vous.

— Ta secrétaire rentre-t-elle aussi ?

— Quelle idée. C'est une plaisanterie. Nicole est au bureau. Jamais il n'a été question qu'elle m'accompagne.

— En es-tu sûr ? Sybille l'a pourtant affirmé. Peut-être as-tu omis de me le dire ?

— Je vais tirer cette histoire au clair. Tout cela ne me plaît guère.

Sybille n'avait pas imaginé les conséquences de cette farce. Interrogée la première par son père, Claire rapporta spontanément la vérité. Son témoignage confondit sa sœur. Luc admonesta Sybille qui dut, à contrecœur, présenter des excuses à Aude.

*

Une grande tristesse néanmoins envahissait la jeune femme. Se voulant impartiale, Aude se mit à nu devant Laure et lui confia peu après.

— Tu sais, le soir où Sybille a inventé l'histoire de Nicole, toute la nuit l'idée d'un nouveau mensonge de Luc m'a obsédée, le lendemain, j'ai couru à la première heure au bureau. Il n'y avait pas de vamp, mais Nicole, une jeune femme correcte et sérieuse à son travail.

— Et étrangère à cette calomnie.

— Exactement, Laure, et voilà jusqu'où je me suis abaissée. J'ai honte de cette faiblesse, je ne me reconnais plus. Une autre femme semble agir à ma place. Je n'ai plus confiance ni en Luc, ni en moi-même. C'est grave, je suis déstabilisée. Je n'en peux plus.

— Tu souffres. Le choix de ta démarche est révélateur.

— Luc pourrait accumuler toutes les preuves de son attachement, le bonheur est derrière moi. Je n'y crois plus.

— Tu m'inquiètes. As-tu pris la décision de le quitter ?

— Elle mûrit. Je ne pourrai l'ajourner bien longtemps car ma santé est en jeu, cette ambivalence m'épuise. Elle est aussi virulente qu'une gangrène. Je devrais trouver la force du chirurgien qui s'ampute lui-même.

— C'est le retour du boomerang. Aude, dès le départ l'échec était inscrit dans les faits. C'est logique.

— Je l'aimais. Lui aussi. J'aurai vécu l'expérience jusqu'au bout de mes forces. Il y a toujours un point de non-retour. Ce point, Laure, je crois l'avoir atteint.

Dans ce climat psychologique, Aude assistait impuissante à la déliquescence de ses sentiments. Une perception prégnante de la réalité entraînait leur mutation inexorablement. La jeune femme allait bientôt subir l'effet retard d'une situation qui les avait imprudemment engagés et qu'elle n'acceptait plus.

Un témoin aurait pu de l'extérieur décerner les compliments les plus flatteurs à Luc. Il redoublait d'égards envers Aude et se montrait plus critique envers sa fille aînée. Si Sybille adoptait un profil bas, Aude n'était pas dupe de son revirement. Luc évoquait souvent son futur remariage avec Aude et s'il tenait devant ses filles à officialiser sa position, Aude, quant à elle, n'aspirait plus qu'au salut dans la solitude. La vie avait repris un cours normal en apparence. Un matin, Luc fit une surprise à Aude en lui annonçant :

— Ma chérie, je voudrais que tu te reposes et que tu oublies le dernier incident avec Sybille. J'ai organisé une escapade à deux la semaine prochaine. Prépare les vêtements de montagne. J'espère bien encore t'étonner !

— Je connais les talents de mon guide. Je ne peux en avoir de meilleur. Je prends mes dispositions, lui répondit-elle, sans manifester davantage son enthousiasme.

Ils s'étaient donné rendez-vous à la gare. Luc était en retard. Quel lieu pouvait mieux que celui-ci alimenter la nostalgie d'Aude ? Jadis, dans cette fourmilière humaine, elle se sentait exister de toutes les vies de ces individus.

Grisée sur ces quais de certitudes et d'émotions, tout la ramenait à l'amour ou à l'attente de l'amour. C'était le plus délicieux des supplices.

Aujourd'hui, cigales d'amour en errance, ils allaient, Aude le pressentait, effectuer ensemble leur dernier voyage. Qu'elle était exacerbée la perception d'Aude ! Dans ce public ordinaire, extraordinairement mêlé, il lui semblait voir Luc, son exception, partout.

Tout à coup sur la droite, il émergea des flancs bariolés et ondulants de la multitude.

Il avait troqué son feutre démodé contre sa toque de loutre. Dans son manteau foncé bien coupé et cintré, il avançait conquérant, tel Alexandre. Silhouette racée, encore cramponné à son rêve, il ignorait que l'aimée à ses côtés battait en retraite. De minces ridules, creusées au hasard de leurs années communes, le rendaient encore plus vulnérable à la tendresse d'Aude. C'était bien là le scandale. La punition d'Aude était déjà à l'œuvre dans ses veines. Elle la subissait dans leur étreinte, troublante comme au premier jour. Elle savait que son esprit donnerait toujours à ses représentations la référence de Luc, et qu'elles ne pourraient échapper à cette dépendance.

Le train maintenant les emportait. Aude goûtait heure par heure, minute par minute, le temps de ce tête à tête, avec la souffrance érotisée de la finitude installée en elle. Blottie contre Luc, elle baignait dans sa tiédeur, et livrée à l'alanguissement de ses sens, elle se montrait peu loquace.

Mélancolique, elle regardait les paysages comme si elle feuilletait distraitement un album d'images. Elle les parasitait de sa tristesse à l'instar du lierre qui étouffe l'arbre sous le piège de son ornement.

Luc, dont les mains à l'accoutumée n'étaient pas nerveuses, tentait d'échapper à quelque tension.

— Regarde Aude, cette féerie. Nous avons quitté la France depuis un bon moment. J'attendais avec impatience que tu te réveilles.

La blancheur environnante offrait un démenti lumineux aux ténébreuses pensées de la jeune femme. Elle émergeait d'un isolement qu'un bref assoupissement lui avait permis d'anticiper. Les montagnes découpaient dans la nuit de larges broderies dont les bordures exclusives semblaient festonnées par les pics immaculés. La nature inventait pour Aude une nouvelle parure. Tout conspirait pour qu'elle évacue son vague à l'âme et que la fête ne laisse place qu'aux certitudes éternelles. Dans cet espace vierge de toute laideur, il n'y avait plus d'excuses. Ce cosmos contraignait la jeunesse à reprendre ses droits et se chargeait d'en assurer le succès.

Le relais s'enorgueillissait de satisfaire les voyageurs les plus exigeants. La station cumulant de nombreux atouts, Aude récupéra rapidement son élan vital. Joyeuse, elle se conforta dans la nécessité de ne pas gâcher le temps présent.

Le jour, ils avaient des jeux d'enfant. Chaque nuit était lune de miel. Le bonheur semblait la propriété de ces lieux et l'engendrer. Qui n'aurait dans ce contexte obéi docilement à leur charte et respecté leurs commandements ?

Aude et Luc s'y employaient chaque jour avec enthousiasme. Lorsque les soirées s'annonçaient longues, Luc sortait ses cassettes et enrichissait de leur contenu musical l'intimité de la chambre anonyme.

Depuis le matin, la neige tombait sans répit. Seuls quelques intrépides bravaient le mauvais temps.

— Aude, te souviens-tu du deuxième anniversaire de notre rencontre ?

— Bien sûr, nous l'avions fêté à Saint-Léger.

— Tu as dansé sur cette musique de Chostakovitch. Quel charmant divertissement tu avais préparé. Il nous avait enchantés, mes filles et moi.

— Je m'en souviens très bien. C'était la valse numéro 2. Ce soir-là, Sybille avait décidé de s'inscrire à un cours de danse. Elle semblait très motivée !

— Elle n'a pas persévéré. C'est bien dommage !

— Tu as rencontré mon professeur de danse chez Richard et Laure, je l'ai revue chez eux pour la dernière fois. Elle est décédée l'année passée.

— Elle m'avait confié que tu étais l'espoir de sa classe. Tu promettais beaucoup.

— Les événements en ont décidé autrement. Mais si j'ai réussi à vous captiver après tant d'années, elle aura réalisé sa mission.

Aude aimait par-dessus tout étonner Luc et capter son attention. Alors, aiguillonnée par les chaussons de Terpsichore, elle lui tendit la cassette dont il était question et, intrépide, osa :

— Excellence, ce soir la Loïe Fuller est de passage à l'hôtel, incognito. En privé, elle accepte de danser pour vous.

Aude dénoua les faveurs de son déshabillé et libéra les plis de mousseline. Pieds nus sur ces notes qu'elle connaissait par cœur, elle improvisa une chorégraphie moderne. Elle saisit sur le fauteuil l'écharpe de Luc et la porta au-dessus de sa tête à l'aide de mouvements gracieux. L'arche de soie virevoltait, les arabesques s'enroulaient et se déroulaient au gré de ses poignets aussi légers que des papillons blancs. Son corps agile, pivotant sur lui-même, tournoyait en spirales nerveuses. Dans un ultime défi à elle-même, elle insuffla à ses tourbillons vaporeux le désir de le séduire comme au temps de l'âge d'or. Puis, liane perfide, elle s'élança dans la pirouette finale de sa danse serpentine, dissimulant dans son regard la tentation qu'elle avait de le faire souffrir. Luc répondit par de chaleureux applaudissements à l'audacieuse contrefaçon.

— Aude, je suis subjugué. Je reste, tel Hérode Antipas, bouche bée devant Salomé. De qui demandes-tu la tête ? Impose ton désir. Il deviendra un ordre.

— Je ne suis pas comme elle, une femme cruelle. Je te dispense de l'épreuve. Non attends, tout compte fait, viens dans mes bras, roi coupable, avant que je ne te mette en disgrâce.

C'étaient des rires à n'en plus finir, leur patrimoine conjugal s'enrichissait de tous ces petits riens. La neige avait cessé de tomber. Tout était lisse autour d'eux.

*

Luc téléphonait quotidiennement à ses filles. Ce matin la conversation se prolongeait plus qu'à l'accoutumée. Aude n'en saisissait que des bribes.

— Voyons Sybille, tu la connais. Tous les prétextes sont bons. C'est une manœuvre voilà tout. Je ne veux pas en faire les frais. Tu le sais, je désire être tranquille avec Aude.

— …

— Oui, nous allons très bien.

— …

— Pourquoi t'a-t-elle caché le motif de son appel ? Elle se trompe, je n'irai pas à Canossa.

— …

— Que je la rappelle ? Ce qu'elle peut être obstinée. C'est hors de question.

— …

— Bon, je vais le faire. Ne vous inquiétez pas mes chéries. À bientôt ma grande fille.

Il composa aussitôt un autre numéro. Aude comprit qu'il appelait Johanna.

— Dis-moi, qu'est-ce que c'est que cette histoire ? Qu'est-ce que tu as encore inventé ?

— …

— Notre fils ?

Luc devint blême.

— …

— Depuis quand ?

— …

— Es-tu certaine du diagnostic ?

— …

— Quel professeur ?

— …

— Répète son nom. Je note. Répète les coordonnées plus lentement.

— …

— Oui, je prends mes dispositions.

— …

— Oui, aujourd'hui même. Tu peux y compter.

Puis, bouleversé, il se tourna vers Aude.

— Aurélien a une méningite. Son cas est très grave, alarmant même m'a dit sa mère. Je dois partir sur-le-champ.

Aude pressentit l'urgence de la situation. Elle le rassura de son mieux à l'aide de son expérience médicale. Elle effectua toutes les démarches tandis qu'à la hâte il rassemblait quelques effets. Puis elle l'accompagna à la gare. Ils étaient silencieux. Le drame faisait voler leur séjour en éclats. L'existence d'un enfant était en jeu. Aude souffrait de ne pouvoir épauler Luc dans cette épreuve. Elle n'avait aucune prise sur les événements. La dynamique de son action était nulle. Les adieux furent brefs.

— Je t'aime Aude. Pardon.

— Je t'aime Luc.

*

Aude était assise à l'arrière du taxi, sur le chemin du retour. La vie paraissait avoir déserté la place de l'Église. Celle-ci était plongée dans l'immobilité incongrue qui suit l'arrêt d'une forte chute de neige. Aude était obnubilée par les récents événements, ses pensées convergeaient vers leur thème récurrent à travers le prisme déformant de sa subjectivité. Elle se sentait rescapée d'un monde en décombres. Elle arriva transie de froid à la tombée du jour aux abords de l'hôtel. La masse sombre engoncée sous la charpente enneigée lui parut hostile. De sinistres corbeaux restaient les seuls acteurs dans cet amphithéâtre désert.

Elle annonça son départ pour le lendemain et entreprit aussitôt de faire ses bagages. Elle rangeait un par un ses habits et toutes les babioles dont les femmes s'imaginent à tort avoir besoin. Aude cacha ces dernières dans un coin de sa valise, tant à cette heure grave elles lui semblèrent une panoplie ridicule. Puis elle rassembla les effets de Luc et cette transition, loin d'être accomplie comme une corvée, fut exécutée selon les règles d'un protocole d'amour. Tant pis pour les malheureux qui censurent leurs sentiments ou n'en connaissent que la tiédeur. La façon dont Aude éprouvait les siens leur paraîtrait extravagante. Dans la solitude de ces murs, elle restait encore prisonnière de toutes les vibrations ambiantes. Elles reprenaient sous forme volatile possession de sa chair.

À ses narines affleurait discrètement une fragrance virile, parfum unique, à l'alchimie secrète. Elle l'identifiait à Luc aussi sûrement que l'enfant identifie l'odeur de sa mère avec laquelle il se confond. Il était pour Aude, aliénée à la présence aimée, le lien éphémère, mais encore puissant qui les rattachait l'un à l'autre.

Ainsi vivait-elle ces instants, tandis qu'elle délestait les tiroirs de Luc : sa pipe, son tabac, ses livres, autant de préambules au voyage. Elle jeta enfin un dernier coup d'œil dans le vestiaire de Luc. Par inadvertance, son imperméable y était resté suspendu.

Aude aurait pu remettre au lendemain cet ultime rangement mais elle était à l'œuvre. Dans la foulée, elle se hâta pour boucler la valise. Elle ne sut quelle maladresse désarma son bras, peut-être la nervosité, pour faire tomber le vêtement. Une lettre s'échappa de la poche. Elle était adressée à Luc et Aude reconnut immédiatement l'écriture de sa femme. Que n'avait-elle pu contenir sa curiosité ! Combien de tourments lui auraient été épargnés !

En cédant à sa pulsion, Aude s'exposait à recevoir de plein fouet le défi triomphant de sa rivale, assorti d'étonnantes révélations :

« Luc,

Quand vas-tu cesser de m'importuner ?

Mon pauvre ami, ton entêtement me fait pitié. Tu es en pleine déroute. Ce n'est que le commencement. Retiens ceci une dernière fois. Je ne divorcerai jamais. C'est le prix à payer. Ton purgatoire en quelque sorte. Et puis, cesse ton chantage ridicule. J'ai l'opportunité de reprendre la situation à mon avantage. Je la saisis. Jamais je ne cautionnerai ton bonheur en te donnant mon accord. Goûte bien les délices actuels en compagnie de ton Angélique. Une mégère se dressera toujours sur votre route et se battra bec et ongles.

Tu es comblé, m'as-tu dit ?

Tant mieux ! Mais qui peut prétendre aimer ou être aimé toujours ? Seule la jeunesse le croit et se lance dans cette aventure digne de la poursuite éperdue du diamant vert.

Il me semble qu'une proposition excitante m'oblige à prendre moi aussi le départ de la course. Je t'annonce ma nomination pour l'Australie. La direction de mon journal est venue à mon secours. Je n'y croyais plus ! Je pars couvrir "l'insolite" en reportages itinérants. Inutile de mettre à mes trousses détectives ou avocats. Voici un scénario auquel tu ne t'attendais pas. Quelle aubaine pour Aurélien ! Il est enchanté et tous les soirs il veut aller se coucher avec sa panoplie d'Indien. Je t'avertirai officiellement de la date de notre départ.

P.-S. : Sybille ne manque pas d'arrogance. Quelle chipie ! C'est pour Aurélien que ma porte restera ouverte à tes filles une dernière fois. Johanna. »

Abasourdie, Aude tentait d'extraire la vérité des feuillets. À l'égal d'un journal intime, Johanna y consignait son dépit et le désamour de Luc. Il était le grief majeur. La blessure avait endurci la victime. Sa politique était de bloquer Aude et Luc. Elle en avait les moyens.

Mais que savait donc Johanna du mensonge de Luc, de la fausse situation qu'il avait induite ? Les circonstances qui en toute légitimité avaient présidé à la base de leur liaison, Johanna les ignorait. Si la lâcheté de son époux lui avait été dénoncée, Luc serait devenu l'objet de son mépris. Peut-être même aurait-elle plaint Aude d'être tombée dans cette ornière et de s'y être embourbée.

D'heure en heure, Aude réalisait à quel point la partie engagée ne menait à rien. Plutôt que des ennemies, n'étaient-elles pas, plus exactement, deux partenaires associées dans une infortune commune ? Aude compatissait au malheur de la mère. La maladie d'Aurélien devenait la priorité absolue et expulsait l'égoïsme des adultes.

Aude anticipait déjà les tensions à venir pour sortir de l'impasse : les connues, les inconnues. Le hasard l'y aidait. Était-il si innocent, lorsque Luc avait oublié son imperméable ? Par cet acte manqué, le destin se révélait à elle d'une façon brutale, mais objective. La frontière devenait étroite entre les deux femmes. *« Sois sage Ô ma douleur. »*

Les jours suivants, ils furent tous suspendus aux bulletins de santé. Aurélien était entre la vie et la mort. Une menace invisible et omniprésente planait. Chacun s'efforçait de vaquer et de répondre aux contingences essentielles.

Luc restait au chevet de son fils. À son traumatisme, s'ajoutaient les critiques acerbes de son épouse. Aude plaignait Luc. Cette épreuve, loin de rapprocher les parents, les exacerbait. Enfin ce fut la délivrance.

— Aude, la jeunesse a triomphé, lui expliqua-t-il à son retour. C'est logique non ? La guérison s'est faite bégayante. Maintenant la mort est vaincue. Le cauchemar est terminé. Aurélien n'aura pas de séquelles.

— Je n'ai jamais désespéré car j'ai gardé confiance en la médecine. Elle guérit tant de cas. C'est à cette certitude que je me suis cramponnée.

— Chaque jour, tu as su me la communiquer. Ta pensée a été mon seul soutien.

— Luc, tu n'as pas lutté seul. Compte tenu de l'enjeu, Johanna et toi êtes redevenus des parents solidaires. Vous avez communié dans la même espérance. Tu t'es adapté à cette nécessité, reconnais-le.

— Trouves-tu cela répréhensible ?

— Sûrement pas ! N'es-tu pas dédommagé de tous tes ressentiments ? Aurélien n'est-il pas le lien le plus fort ? L'intérêt supérieur ? Les circonstances ont redistribué les rôles. Peut-être t'imposent-elles l'oubli de toi.

— Que veux-tu dire ?

— Je songeais à ta possible réconciliation avec Johanna. Cette idée ne t'a-t-elle pas effleuré ? Réponds-moi sincèrement.

Peut-être Aude avait-elle le désir inconscient de se faire mal ou d'en finir au plus vite. Bien qu'assaillie par une terrible angoisse, elle s'engagea résolument jusqu'au bout de sa provocation. Elle affirma péremptoire :

— J'ai des raisons d'y croire.

— Tu te trompes. Je ne suis pas l'otage de la situation. Elle est depuis longtemps irréversible. Elle a fortifié mes certitudes. Chacun doit s'acquitter de sa dette et en connaît le prix.

— Luc, la tienne est immense. Tu n'as jamais aimé Johanna.

— Elle aussi a feint de m'aimer. Elle est passée aux aveux. Toi, je t'aimais trop.

— Elle ne peut te pardonner.

— Elle a voulu notre enfant. Elle le désirait plus que tout. Toi tu n'as rien. Je veux tout te donner. Je suis pris de vitesse, car elle part en Australie.

— Je l'ai appris, malgré toi. Votre bras de fer devient inutile. J'ai trouvé sa lettre dans ton imperméable. Tu me l'avais cachée. Ce fut un choc. Tu ne peux en évaluer la portée.

— Oh, si ! Je la mesure fort bien. Hélas je sais à quoi tu fais allusion. Tu passes à l'offensive. Insensé que je suis, je serai toujours ton obligé, ta méfiance ne sera jamais rassasiée. Elle me livre dans l'ombre une guerre sans merci. J'allais te montrer cette lettre lorsque j'ai dû partir. Le moment était inopportun.

— Pourquoi as-tu différé le moment de m'en parler ? N'était-ce pas plus simple de t'en libérer sur le champ ? Est-ce trop difficile ? Pourquoi ces rapports pervers avec la vérité ?

— Aude, tes soupçons rôdent sans cesse autour de moi. Je serai toujours contraint de me justifier. Telle est la rançon que je suis condamné à te verser. Elle est sans limitation dans le temps car ton esprit restera toujours en alerte. Tu ne seras jamais sécurisée. Je le comprends trop tard. Comment as-tu pu m'aimer ? J'ai tant démérité. Rien ne pourra me racheter à tes yeux. Tu peux me rejeter.

— Hélas mon cœur te défend encore !

— Tu es montée au faîte de l'impossible. Moi j'ignorais ta souffrance. Il me suffisait de t'aimer et de t'avoir à mes côtés. Rappelle-toi le conseil de Vigny : « Aimons ce que jamais nous ne verrons deux fois. »

— Quelle faiblesse ! Quelle déchéance ! Tu as failli à la légende de Saint-Léger.

— Je t'aime, Aude, et pourtant je n'ai pu sauver notre rêve.

Elle se mordit les lèvres. Pour la première fois, elles se firent muettes. Elle hocha seulement la tête et se détourna.

Cet épisode eut sur leur couple l'effet d'un spasme. Le charme du filtre était inopérant. Aude faisait des cauchemars dont le thème récurrent était la mort de Roméo.

Tantôt Luc oubliait distraitement de le faire monter dans la voiture, Roméo était perdu sur le trottoir, tantôt Sybille le détachait dans la forêt. Mais le plus souvent, il se faisait dévorer par des chiens errants. Aude en avait croisé dans la campagne autour de Saint-Léger. Ils étaient noirs et sauvages et ressemblaient à des loups hirsutes. Elle n'était pas experte en science onirique tant s'en faut, mais elle en vint par superstition à ajourner les séjours à la campagne. Elle se réfugiait ainsi que Luc dans le travail. Elle accompagnait Claire à la chorale où elle entonnait un autre credo. Luc n'avait pu s'opposer au départ d'Aurélien en Australie. Chacun s'efforçait de faire le point et prenait de la distance.

*

La belle-sœur d'Aude leur annonça la communion de Maximilien pour la Pentecôte. Luc était en plein bilan de société. Il fut convenu qu'Aude se rendrait à Genève en compagnie de Sybille. La perspective de découvrir la cité tant vantée enchantait la fille de Luc. Aude se réjouissait qu'elle ait accepté et y voyait un bon présage. Le départ se ferait de Saint-Léger, où ils arrivèrent tous les quatre pour les vacances.

— Qu'ils sont heureux ceux qui croient en la nature ! pensa Aude en redécouvrant ces lieux privilégiés. Elle nous dédommage de toutes les déceptions. Elle sollicite nos efforts et nous pousse en avant. Elle nous sourit dans son mystère éternel.

Luc était ce lieu. Ce lieu l'habitait. Gagnée par les forces invisibles de cet humus nourri de légende et de poésie, cette terre maintenant possédait Aude. Lorsque Luc entraînait sa compagne dans la bibliothèque, ils se penchaient côte à côte sur de vieux manuscrits ou défloraient de précieux herbiers. Les terrasses à la française, les gloriettes, les corbeilles de fleurs surgissaient des planches jaunies. Tard dans la nuit, ils étudiaient les archives de Saint-Léger et allaient ensemble à la rencontre de la légende.

— Un soir, dit-il à Aude, lorsque nous serons installés ici définitivement, je t'initierai à l'art des topiaires.

La jeune femme savait que c'était un art très ancien légué par les Romains. Pharmacienne, elle avait une connaissance très approfondie des plantes et de leurs vertus médicinales. Mais dès que Luc, avec son talent de conteur, remontait le cours du temps, Aude, attentive, écoutait ce savant professeur de botanique d'une tout autre université.

— Tu sais, les Romains se sont surpassés dans tous les arts, y compris celui de la taille des arbres. Pour ceux à feuilles persistantes, ils créaient les formes les plus sophistiquées, jusqu'à faire d'eux de véritables sculptures de verdure. Le talent de ces hommes était sans cesse stimulé par des concours. L'émulation gagnait toutes les provinces, même les plus reculées, qui rivalisaient entre elles. Aussi, lorsque l'une d'entre elles remportait la victoire, le plébéien familier des jardins publics s'enorgueillissait de leur beauté au même titre que le patricien de la perfection de ses domaines privés.

— Quel héritage au fil des siècles les Romains nous ont-ils transmis ! Les jardiniers de Saint-Léger s'en sont-ils inspirés eux aussi ?

— Sans aucun doute. Ils se sont succédés de génération en génération. Leur sens artistique s'épanouissait dans toutes sortes de tailles décoratives : géométriques, à pompons superposés, topiaires à thèmes, isolées ou en liberté. Je ne peux toutes les énumérer. En mettant leur spiritualité au service de la nature, les Romains lui ont fait parler le langage de l'art.

— Vos forêts centenaires de buis avec leur feuillage dru et vert toute l'année ont fourni un matériau de prédilection.

— Que dire, dans les régions concernées, des ifs, aux petites baies écarlates ! Je remercie mon père de m'avoir inculqué le respect des arbres. Petit déjà, je désirais être garde forestier ! Si je me réfère aux architectes des végétaux, Eudes d'Ortincourt, par sa conception du parc et de la chambre d'amour, fut le plus génial d'entre eux. Eh bien moi, à défaut, j'en serai le plus modeste : plus tard Aude, je t'écrirai un poème de verdure.

Abreuvée aux mêmes sources, qui mieux qu'Aude pouvait vibrer à ce monde de beauté ? Luc lui offrait le sien, et le mettait à ses pieds. Elle y entrait intronisée. Nouvelle muse, consciente de son pouvoir, Aude dans les allées enlaçait Luc par la taille. Ils redevenaient les amants du Petit Bois. Leurs noms s'inscrivaient dans la légende de Saint-Léger.

*

Il était neuf heures lorsque Aude se réveilla la veille du départ pour Genève. La place de Luc était vide. Roméo s'agitait dans la salle de bains attenante. Aude voyait son museau courir sur le rai de lumière pour y capturer sa présence. Le tendre vocabulaire qu'elle réservait habituellement à son petit compagnon le rendait encore plus impatient ce matin-là. Tandis qu'elle mettait pied à terre, ses yeux furent attirés par des taches carminées sur le parquet. Dans la pénombre, Aude les identifia à du sang. Simultanément, se déclencha en elle un réflexe d'angoisse, impossible à réprimer. Son regard plus inquisiteur que celui d'une chauve-souris fouilla l'obscurité de la pièce et la déchiffra. Comme un phare, il balaya la pièce, pour se pointer finalement comme un revolver sur la cheminée. Là se trouvait la clef de sa méprise. La veille, Claire avait coupé des roses rouges. Elle les avait disposées dans les vases de porcelaine qui ornaient le marbre de la cheminée. Mais durant la nuit, les bouquets s'étaient appauvris de leurs pétales. À cette heure, ils jonchaient le sol si régulièrement qu'on pouvait les confondre avec les traces d'une sanglante blessure. En tout cas, ce fut ainsi qu'Aude le perçut. Elle ouvrit la fenêtre et respira l'air à pleins poumons. Les effusions matinales avec Roméo ne parvinrent pas à dissiper le mauvais présage, tant il parut à Aude que ce bonjour pouvait être leur dernier adieu.

Son malaise s'estompa sur le coup de midi. Aude s'obligea à faire une promenade, sans grande conviction, cependant, tant elle conservait la pénible sensation du réveil. Tandis que le jeune teckel gambadait devant elle, Aude réalisait combien elle le chérissait à défaut d'un enfant. Il resplendissait au soleil. Les rayons au zénith irradiaient, immobilisant la nature dans son mouvement le plus intime. Lorsque le chien s'offrait à leur chaleur, sa mobilité ludique contrastait étonnamment avec le décor tétanisé sous la narcose solaire. Aude rejoignit Roméo dans le tournant après la cour bordée de rosiers. Là débouchait l'allée d'honneur, précédée d'une plate-forme plantée d'une rangée de hauts peupliers. Ils masquaient à cet endroit un panorama grandiose, que l'on découvrait si l'on mettait pied à terre et faisait quelques pas pour le mériter.

Des courbes harmonieuses, des lignes audacieuses s'enchevêtraient dans un désordre tellement savant que seul l'architecte divin avait pu y mettre la main. C'est là précisément que le fougueux compagnon d'Aude décida de s'arrêter. Il le fit avec un tel entêtement qu'il la surprit et força son attention. Elle se trouvait, si l'on veut, dans la position d'une mère qui croit connaître toutes les réactions de son enfant et tout à coup se trouve confrontée à celles déconcertantes d'un bambin inconnu. Roméo était assis sur son séant, face aux échappées majestueuses, et semblait être le prince de ces lieux. Il humait l'air, totalement absorbé dans sa tâche, absent à toute chose, si bien qu'une personne adepte de la métempsycose aurait pu, au stade animal, comparer son attitude à celle d'un petit yogi de bronze en pleine méditation.

Ses yeux insondables comme des lacs d'altitude évaluaient les formes environnantes. Ils semblaient vouloir les engloutir dans leur centre pour les recomposer ailleurs dans un univers connu de lui seul, en une configuration inaccessible. Il était l'acteur solitaire de ces lieux et avait totalement exclu Aude de ses élaborations car il ne répondit même pas aux appels réitérés de son nom. Elle se précipita au-devant de lui, inquiète de cette dérogation supérieure qui le détournait de l'inlassable dévotion dont elle était l'objet.

Aude ne trouvait aucune explication à son étrange comportement. Bien des questions se posaient à elle depuis ce matin. Sur le champ, elle mit fin à leur promenade et rentra, habitée par l'idée d'un imminent péril. Après le déjeuner, Luc devait aller chercher Sybille au manège. Il demanda à Aude de l'accompagner. Peut-être saisit-il ce prétexte pour une récréation à deux car il avait remarqué qu'elle était restée silencieuse.

— D'accord, lui dit-elle. Chéri, sors la voiture, je te précède avec Roméo.

À chaque foulée, elle tentait d'abandonner les séquelles d'une oppression latente. La frondaison épaisse des marronniers, sur toute la longueur de l'allée, restituait au visage d'Aude une fraîcheur exquise. L'attrait que cette perspective exerçait toujours sur elle, associée à la brise, lui fit perdre de vue quelques instants la brune silhouette canine. Aude la vit disparaître à l'extrémité de l'allée. Luc avait rattrapé la jeune femme. Elle monta dans la voiture. Le parc était vaste, Luc roulait encore sur ses terres lorsque Aude s'inquiéta.

— Luc, je ne vois plus Roméo. Il a disparu là, au niveau de cette intersection.

— Ma chérie, il ne peut être loin. Nous ne sommes pas encore au grand carrefour. Nous allons le retrouver. Calme-toi, il a dû s'emballer sur quelque papillon multicolore et pourchasser le malchanceux.

Ils se séparèrent. Chacun partit de son côté, comme un éclaireur, à la recherche du petit fugueur. Aude s'époumonait. Son cœur battait à tout rompre. Submergée par une peur inhabituelle, elle fit demi-tour en direction de Luc. C'est alors qu'Aude, face à un soleil éblouissant, narguée par une chaleur torride, fut frappée du sceau du malheur. L'espace et le temps fusionnèrent dans une entité absolue et morbide, jusque-là ignorée de ses sens. À cet « ailleurs », dilaté, vint se mêler une odeur singulière, celle de la mort. Parce qu'elle était là, âcre, concrètement synthétisée dans la fulgurance métapsychique de cette expérience, Aude sut avec certitude qu'inique elle avait frappé Roméo.

Luc était descendu en contrebas, là où le parc est bordé de champs. Elle courut à sa rencontre. Luc venait aussi à elle. Elle vit qu'il tenait Roméo dans ses bras avec une délicatesse extrême.

Il avait enlevé sa veste et en avait confectionné un moelleux coussin pour le dernier palanquin d'amour. À la hauteur d'Aude, Luc lui présenta le petit corps. Il le fit passer dans ses bras comme s'il s'agissait d'une sainte relique. L'émotion devenait presque insupportable.

— Je l'ai retrouvé dans la contre-allée tout près du bord jouxtant les prés. Il a dû y entrer et importuner les vaches qui sommeillaient. Elles sont sauvages par ici et gardées par deux ou trois taureaux. Il aura été souqué par l'une d'entre elles qu'il aura agacée. Monte vite. Filons chez notre ami vétérinaire. Il est notre seul espoir. Roméo se meurt.

Elle était là immonde, à l'œuvre sur elle aussi la mort. Aude, impuissante, la voyait. Une mousse rougeâtre filtrait des mâchoires du chien et tachait son chemisier. Elle soutenait la petite tête entre ses mains qu'elle s'efforçait de rendre plus légères que des plumes d'ange. Elle blottit Roméo contre elle, implorant Dieu de toutes ses forces. Aude sentait son petit compagnon s'abandonner sur son cœur avec toute la confiance du monde, comme s'il reconnaissait sa châsse originelle et se hâtait d'y reposer. L'irrémédiable s'accomplissait. Sur la poitrine d'Aude, la tache de sang s'agrandissait. Les yeux écarquillés sur l'auréole, Aude concentrait toute la force de son esprit sur le refus de ce constat. *« Comme un p'tit coquelicot mon âme, comme un p'tit coquelicot. »* Face à ce crime, il semblait à Aude qu'elle avait trahi cette frêle vie pour n'avoir pas su la protéger. Ils arrivèrent enfin chez le vétérinaire. Leur ami s'y trouvait. Tout maintenant dépendait de lui.

Aude attendait depuis une heure lorsque les deux hommes réapparurent enfin, tendus l'un et l'autre.

— Aude, lui murmura Olivier, je n'ai rien pu faire. Je n'ai pu l'arracher à une hémorragie interne. Tu vois, une vache l'a touché là, à l'aine, et d'un coup de sabot l'aura expulsé du pré. Pour lui l'existence jusqu'à son terme aura été un jeu. Il est mort d'un excès de vie.

Qui pouvait accepter une telle explication ? De tous côtés, aux oreilles d'Aude, la voix d'Olivier martelait :

— Je n'ai rien pu faire, je n'ai rien pu faire, je n'ai rien pu faire.

La voix s'amplifiait dans un crescendo sonore.

— Je n'ai rien pu faire, je n'ai rien pu faire.

Aude ne voyait plus, elle se sentait spoliée de tous ses sens, à l'exception de l'ouïe laquelle était exacerbée. Un sifflement continu s'échappait de ses conduits auditifs. Il devenait si aigu qu'il allait percer les tympans aussi sûrement qu'un laser. Aude se débattait avec de terribles acouphènes et ne fut bientôt plus réduite qu'à l'état d'une pauvre caisse de résonance. Elle s'affaissa sur les genoux et glissa, vaincue, le long du mur froid tel un pantin désarticulé.

Saint-Léger vit le retour du sinistre cortège en fin d'après-midi. Les hôtes ruminants s'étaient réfugiés dans une torpeur hypocrite. Loin de se culpabiliser, les vaches baissaient pudiquement les yeux au passage du petit fanfaron. En signe de condoléances, la forêt respectueuse de ses maîtres s'imposait le silence. La nouvelle s'était répandue aussitôt. Elle perdait le plus populaire et le plus primesautier de ses favoris. Choquée comme une veuve, la forêt se drapait dans son feuillage sombre et le mettait en berne. Le ciel voilé se couvrait de nuages menaçants. Tels des fantômes, ils erraient désorientés, au gré de l'ultime voyage.

Luc suggéra d'enterrer Roméo dans la chambre d'amour. Quel endroit pouvait mieux que celui-ci lui convenir ? Il était chez lui sur le volcan d'amour. Là il avait découvert la vie, aiguisé sa curiosité, labouré la terre de ses pattes joyeuses.

Roméo reposait au pied d'un frêne, sur un lit de mousse. Claire avait coupé des roses blanches et les avait déposées près de lui. Aude et Luc restèrent tard dans la nuit. La lune blafarde, pure comme un lys, fut le témoin discret des deux silhouettes statufiées, voûtées sur une même nostalgie. Elle était inadéquate en ces lieux dont la vocation, on le sait, était la joie. Quelques trilles vinrent modestement le rappeler. Un jeune Orphée, perché dans les buis, ayant ébauché cette aimable ouverture, alors l'immense volière, libérée de la censure, se déchaîna dans son concert d'adieu.

La perfection et la misère de la condition humaine, la pérennité et l'éphémère s'affrontaient dans cette geste nocturne en une dualité saisissante.

Les jours suivants, Aude évolua comme si elle était anesthésiée. Ses yeux aveugles à l'environnement décoloraient la réalité. Leur seul champ d'accommodation restait celui des souvenirs dans lequel elle se complaisait. Elle accumulait les « signes » qui avaient précédé la mort de Roméo et les décryptait. Leur analyse confirmait la véracité de sa prémonition.

Aude ne put supporter l'idée que Saint-Léger, terre d'élection, lui ait ravi son petit compagnon. Elle fit sur Luc le transfert de son ressentiment et vit dans cet avertissement du destin la nécessité de la rupture. Elle prétexta de longues insomnies pour se mettre à l'abri de certaines complaisances et dormit au bout de l'aile de l'habitation dans la chambre la plus éloignée de celle de Luc. Chaque nuit, la privation de sommeil aiguillonnait sa volonté de fuir. C'est ainsi qu'un matin, animée d'une certitude inébranlable, elle vint frapper à la porte de Luc.

— Luc, lui dit-elle, en l'appelant deux fois. J'ai fait mes bagages. Je quitte cette maison. Je rentre définitivement.

Il était à peine réveillé et encore à cent lieues d'imaginer le naufrage. Son front se plissa de bas en haut et toute la tristesse de Luc s'incrusta dans les sillons. Aude abrégea les adieux.

— Luc, je ne reviendrai plus. Ma décision est définitive. Tu gardes Roméo. Toi aussi tu l'as beaucoup aimé. Nulle part, il ne peut être mieux qu'ici avec toi, dans la chambre d'amour. Je te laisse ce que j'ai de plus cher.

Instruit par cet ultime propos, il avait compris. Aude vit alors les traits de cet homme qu'elle avait tant chéri s'affaisser comme ceux d'un vieillard, se faner et se contracter dans une expression proche de celle d'E.T., à la fois douloureuse et attendrissante. Il était méconnaissable.

— J'ai froid dans les os, c'est curieux, oui dans tous les os, dit-il.

En aucun cas, Aude ne s'était autorisée à tergiverser. Avec une dureté qu'elle jugeait salvatrice elle expliqua.

— Luc, tu en conviendras avec moi. Nous ne pouvons plus nous regarder dans les yeux. Nous n'y verrions que malaise et regrets. Nous n'avons plus d'avenir. Il s'arrête là. Il est temps de nous ressaisir. Gardons-nous de tout perdre. Mon départ en est l'unique assurance.

Il tira sur la couverture et la remonta jusqu'à la gorge.

— Aude, je me sens si vieux tout à coup, vieux du mensonge de l'humanité tout entière. Je suis glacé des pieds à la tête. Je le sais tu vas partir. Depuis des mois, ton esprit ne m'appartient plus. Rien ne peut corrompre ta conscience lorsqu'elle a débattu. À cause de cela, je te connais, je ne peux plus te retenir. Pour la première fois, j'ai horriblement peur, sans toi, dans ce monde impitoyable.

— Moi aussi Luc, j'ai peur mais je cache ma peur.

— Rappelle-toi notre dernière promenade avec mes filles le long de la rivière. Nous longions la rive. Je vous ai montré un banc de truites. Elles étaient l'une derrière l'autre en file indienne, comme nous quatre. Je vous ai dit : « C'est une famille. Elle pourrait être la nôtre. »

— Ils étaient cinq poissons et non quatre. Je m'en souviens très bien.

— Je pensais à l'enfant que nous aurions pu avoir. Il aurait su très vite à quel point j'avais aimé sa mère. Nous l'aurions appelé Eudes, comme le seigneur de Saint-Léger. Peut-être sa venue au monde aurait-elle tout changé.

— On ne peut réécrire notre vie. Assumons-la dans l'intégralité de nos souvenirs. Les miens ne seront jamais mutilés. Luc, je le sais au plus profond de mon être, il y aura toujours une exilée qui ne sera jamais libre et dont tu resteras l'unique patrie.

— Et mes filles, as-tu pensé seulement à elles ? Que vais-je leur dire ? Comment leur expliquer ? lui cria-t-il désespéré.

Aude franchissait le seuil. Domptant sa détresse, elle réussit à se montrer impavide.

— Tu n'entends plus rien. J'ai devant moi une statue de marbre. Tiens, va-t'en. Prends la fuite. Abandonne-nous. Tu n'es qu'une parpaillote !

Aude, muette, le quitta sur cet anathème. Chaque tour de roues lui arrachait un peu d'elle-même. Elle trouva cependant la force de ne pas rebrousser chemin. Elle accéléra même pour aborder l'autoroute, l'autre monde aux antipodes.

*

Dans sa résolution à se séparer de Luc, Aude avait retrouvé son libre arbitre et manifesté une volonté inflexible.

Chaque jour son énergie s'en trouvait renforcée. Maîtresse de son destin, elle se restructurait dans l'intime conviction d'avoir évité la catastrophe. Les reproches, les scènes, seraient devenus inévitables. Peut-être même Aude aurait-elle somatisé les conflits dans ce combat insoluble et pathétique autour de la vérité.

Elle pensait à Luc chaque jour, à ses filles et à l'inoubliable petit compagnon. Cependant, ils existaient en dehors de sa vie réelle, tels des personnages sidéraux dans l'espace scintillant dans lequel elle les célébrait. Et puis, il y eut le poème de Luc, dédié à Roméo. Aude le reçut le jour de son anniversaire.

Roméo,
Il était notre petite âme,
Notre doux cœur, notre oraison,
Son regard était notre flamme,
Son cœur était comme un tison.

Il savait de ses yeux tranquilles
Nous dire, au fil de chaque jour
Que tout dans ce monde inutile
Peut être immensité d'amour...

Pour lui toute chose était fête
Les écureuils et les oiseaux
Les herbes et les pâquerettes
Qui caressaient son long museau.

Tout riait, tout chantait sans cesse,
Quand il bondissait devant nous,
Son long corps n'était que caresse
Au vent, au soleil, à tout.

Ce que la terre met en branle
Pour assouvir sa soif de beau...
Il courait à pleine voix quand le
Ciel... un vol noir s'enfuit là-haut.

Il dort dans le jardin qu'il aime
Avec cinq roses sur son cœur
À l'ombre des buis et des frênes
Près de nos bancs, près de nos pleurs.

À la lecture de ces lignes, Aude retrouvait la sensibilité du paladin qui l'avait enchantée. Elles lui restituaient la quintessence de leur vie commune qu'une poésie magique avait irriguée de son fluide. C'est lui qui avait donné une fleur exotique au rameau, gratifié l'arbre reverdi d'un fruit précoce. Il était l'arborescence luxuriante que trace la veinule intumescente dans l'épaisseur de la pierre, la transmuant en marbre de couleur. La poésie avait fondé la spécificité de leurs rapports, les doublant d'une réalité impalpable ; enluminé leur langage avec ses métaphores et ses néologismes. L'alchimie avait inventé des formes et des sensations, et même réhabilité la géographie de Tyr, dont elle avait livré aux amants le secret transcendant. À leur tour, ils avaient servi leur rêve comme on sert un maître, avec un si grand zèle que l'oubli, la mort même, étaient vaincus.

C'était le testament de Luc avant l'ultime ligne droite.

*

Une année s'était écoulée. Aude assumait des responsabilités dans les instances de sa profession, où elle était très écoutée. Elle avait progressé au golf et aux échecs et participait à de nombreuses compétitions.

Un soir, alors qu'elle rentrait d'une table ronde où elle avait pris la parole, elle entendit dans l'escalier sonner le téléphone. Elle arriva essoufflée à l'appareil.

— C'est Sandra.

— Ma meilleure amie ? Quelle joie ! Te voilà de retour.

— J'arrive de Boston. Je t'en prie, consacre-moi quelques heures. J'ai tant à te raconter. Que d'événements ! Tu en as la priorité.

— Laisse-moi deviner. Tu as signé le contrat du siècle et tu vas te marier avec Tom Cruise.

— Tu brûles. Il s'agit d'un mariage, mais ce n'est pas du mien.

— Cela m'intéresse beaucoup moins.

— Il s'agit du mariage de Max.

— De Max ?

— Oui, de mon frère, et tu ne devineras jamais avec qui.

— Je la connais ?

— Oui, cherche bien.

— Je te l'assure. Je ne vois pas.

— Les deux fiancés te bénissent. Ils te sont redevables.

— C'est impossible, tu dois confondre.

— Aude, c'était à notre soirée, à la Méridienne : le bal mémorable où tu as rencontré Luc. Depuis, tu le savais, j'étais restée proche d'Axelle. Eh bien voilà, c'est elle ma future belle-sœur. Durant mon absence, j'ai demandé à Max de la contacter. Ils se sont rencontrés et ne se sont plus quittés. Ces deux-là nous doivent une fière chandelle ! Max a signé un contrat avec la plus éminente clinique de chirurgie cardiologique de Kyoto. Axelle l'adore, tout leur sourit.

— Quelle magnifique nouvelle ! Qui l'aurait cru !

— Mon frère désire que tu sois son témoin de mariage. Moi aussi, j'y tiens par-dessus tout.

— À quelle date la cérémonie est-elle fixée ?

— En février, à Verbier, dans le chalet des Virleye. Axelle et Max ont opté pour la montagne. Tu verras, quel décor féerique ! Toi tu seras logée avec la famille dans le chalet. Tous les deux ont le sens de la fête. On peut leur faire confiance. Les hôtels sont tous réservés, les préparatifs très avancés. Quelle entreprise. Ça ne manquera pas de panache !

— Et la Méridienne ?

— La Méridienne est fermée. Ghislaine de Virleye est atteinte d'une sclérose en plaques. Elle est soignée à Genève. Il est question d'une vente de la propriété.

— Je n'aurais pu y retourner, Sandra. Même pour vous. C'est au-dessus de mes forces.

— Des miennes aussi et pour les mêmes raisons. Surtout après ce qui est arrivé. La Méridienne restera à jamais pour moi associée à Luc et à toi. Quelle rencontre ! Shakespeare vous y attendait !

— N'en parle jamais au passé veux-tu ? La vie a décidé pour nous et a fixé des limites. Nous aurons vécu les plus belles saisons de l'amour.

— Lorsque j'ai appris l'horrible nouvelle, je me suis effondrée. Quelle secousse ! J'ai pensé à toi tous les jours. Aude, je voudrais rester quelque temps près de toi, et pourquoi pas t'associer à mes projets. On ne parlera plus de Luc, je te le jure. Sa mort t'appartient, et à toi seule.

— La mort de Luc ? Pourquoi parles-tu ainsi ? Ce sont des mots, mais ils me font si mal !

Sandra ne répondit pas immédiatement. Aude comprit qu'elle pleurait. Elle regrettait certainement des termes aussi impropres. Alors Sandra reprit sa phrase et justifia l'équivoque en se délivrant du terrible malentendu.

— La fin de Luc, je l'ai apprise par Axelle et Max. Aude, je t'en supplie, pardonne-moi. Comment pouvais-je imaginer que tu l'ignorais ?

Et dans cette ultime escalade, elle valida la tragique nouvelle.

Aude la pria de prendre un taxi et de venir la rejoindre. Il était indécent d'évoquer plus longuement au téléphone un sujet aussi grave.

— Qu'ils étaient loin les griefs, pensait Aude !

Ce soir, tapie dans l'ombre, elle revivait les moments qu'ils avaient partagés dont l'intensité constituait l'originalité du mémoire. Une dernière fois, Luc, l'unique, allait revenir en ces lieux pour qu'Aude connaisse la phase finale de sa biographie. Celle-ci se ferait le miroir des dernières actions de Luc. Là serait l'homme, le vrai.

— Aude, je suis responsable de ta pâleur, lui dit son amie dès son arrivée. Tu n'es pas en état de m'écouter. Tu trembles. Pour le moment, laisse-moi veiller sur toi.

Aude l'implora.

— Je dois tout savoir. Surtout n'abrège rien.

Sandra lui prit les mains avec tendresse. Tandis qu'elle impliquait d'emblée Aude dans son récit, la silhouette géante de Luc resurgissait devant elle.

— Tout a commencé lorsque tu es partie. Ta dernière lettre m'avait préparée à cette rupture. Je l'ai en mémoire d'un bout à l'autre. Juste avant la mort accidentelle de Roméo, tu m'avais écrit :

« Au point de ma vie avec Luc, le doute m'accompagne partout. Les moments exhaustifs ne suffisent plus ; ils me deviennent même intolérables. Je n'ai pas encore la force de le quitter. Je dois la découvrir au plus profond de moi. »

Lorsque Luc s'est retrouvé seul, c'est à ce moment-là qu'il a commencé à décliner. Il semblait détaché de tout. Il négligeait ses affaires et même ses filles. Son allure était bizarre. Il s'était laissé pousser la barbe et portait une vieille houppelande. Il était méconnaissable. Il ne se plaisait qu'à Saint-Léger. On ne le rencontrait pas souvent au château pour autant. Il passait le plus clair de ses journées dans le parc, plus exactement dans la chambre d'amour. Tu m'avais si souvent parlé de la légende ! Luc s'y rendait par tous les temps. L'hiver il lui arrivait même de dormir sur un banc de pierre, près des frênes, sous de chaudes couvertures. Son comportement était celui d'un original. Ou bien il monologuait avec lui-même, ou bien il parlait aux oiseaux. Quel spectacle affligeant ! Un homme aussi brillant ! Souvent, il bricolait, un charmant sourire aux lèvres. Il lisait de vieux traités de botanique et s'adonnait à sa passion pour le jardinage, surtout l'horticulture. D'après Sybille, il s'intéressait particulièrement à la sculpture végétale, plus exactement aux topiaires.

— Aux topiaires ?

— Cela t'étonne-t-il ?

— Bien au contraire, c'était même un de ses sujets favoris. Luc s'en inspirait pour un projet dont il avait effleuré le thème devant moi. Quelle période inoubliable ! Sandra, tu peux me croire, Luc ne s'est pas lancé dans cette activité par hasard, lui confia-t-elle d'une voix tremblotante.

Interrompue, Sandra poursuivit.

— Dans sa retraite solitaire, elle semblait l'épanouir en effet. Il a débuté avec deux ou trois modèles à gabarit qu'il a réalisés lui-même. On a dénombré deux biches, un cerf, un agneau, deux écureuils, peut-être plus. Il les habillait de buis, ou les panachait de feuillages de châtaignier. L'été il les décorait de fleurs. Il passait des heures à les réaliser. Le résultat était stupéfiant. Ils étaient aussi vrais que nature, des chefs-d'œuvre ! Il les avait exposés dans la chambre d'amour. La nuit l'effet était saisissant. Les animaux se tenaient compagnie et semblaient répondre à une mise en scène précise. Luc devait être habité par une idée fixe. C'était l'opinion de ses filles mais elles n'en percèrent jamais le secret. Elles se souviennent seulement qu'au terme de cette longue occupation, Luc affichait la sérénité d'un sage.

À ce point du récit, le verbe pour Aude se fit chair. Immobile, les yeux fixes, elle répondait à l'irrésistible désir qui la catapultait auprès de Luc. Il était là, l'auteur de son poème de verdure, au milieu des topiaires d'amour. Il les avait disposées autour de Roméo, amis muets et fidèles en liberté dans ces lieux de mémoire. Le souvenir était si poignant pour Aude qu'il lui semblait possible, en tendant les mains, de toucher les silhouettes ; celles familières de Luc et de Roméo, et celles inconnues qui retraçaient leur légende.

Elle respirait l'air même de ce terroir du bout du monde, chargé de senteurs spécifiques, et s'enivrait de ces images olfactives avant qu'elles ne disparaissent.

Par une pression du bras, Sandra sollicita à nouveau l'attention de son amie.

— Le drame s'est joué un matin de septembre. Luc était parti de très bonne heure tailler les arbustes derrière le banc de pierre. À cet endroit, la haie était assez haute. Il a voulu atteindre les branches parasites et les aligner. Il avait pris de mauvais appuis. Il est tombé de l'échelle sur ses cisailles et s'est blessé à la jambe sur le tibia.

Hélas, il a négligé de désinfecter immédiatement la plaie. Il n'est rentré qu'après avoir effectué sa coupe.

— Cette imprudence ne lui ressemble pas.

— C'est ce qui a été dit. On a même parlé d'une attitude suicidaire car ce retard lui a été fatal. Dans la semaine, le mal a empiré. Luc marchait très difficilement lorsqu'il s'est présenté à l'hôpital. Des ganglions sont apparus à l'aine. La fièvre est montée en flèche. La gangrène s'est installée. Il a dû être transporté dans le C.H.U. le plus proche. Il est tombé dans le coma peu après. Il est décédé à quatre heures du matin, sans avoir repris connaissance. La septicémie a été foudroyante.

Accablée, Aude parvint juste à articuler :

— Son épouse est-elle rentrée d'Australie ? Luc a-t-il pu revoir son fils ?

— Elle n'est pas venue pour l'inhumation. On l'a sévèrement critiquée. On a compris pourquoi Luc avait sur lui une lettre de Johanna. Elle demandait le divorce. « Il arrangera tout le monde » lui écrivait-elle. Elle avait rencontré l'homme de sa vie, le vrai précisait-elle. Don, un Australien très fortuné qui possédait une chaîne de restaurants. Elle avait dénoncé son contrat au journal. « Tout s'achète » soulignait-elle. Elle vivait dans un immense ranch et n'avait jamais été aussi heureuse. Luc n'avait aucun souci à se faire. Son futur époux s'accordait à merveille avec Aurélien. Il avait fait de leur fils un vrai cow-boy. Johanna tournait la page sans aucun regret et lui demandait simplement d'augmenter la pension d'Aurélien. Elle lui communiquait les coordonnées de ses avocats, du cabinet le plus en vue de Sydney, et remerciait Luc de sa diligence. Aude, je t'ai toujours considérée comme une sœur. Malgré cela, depuis mon retour, j'ai vocation à te faire souffrir. Je m'en veux de ne pouvoir me taire. Cette remise en cause m'a paru nécessaire tant elle sert à faire éclater la vérité de Luc.

— Sandra, tu as été le témoin de notre idylle. Le destin t'avait choisie une première fois. Il te désigne une seconde fois messagère de la disparition de Luc. Toi seule pouvais m'aider à établir un pont intelligible entre l'alpha et l'oméga de son existence.

— Par certains côtés, les derniers mois ont valeur symbolique. Il en sont le pouls. Si Luc a truqué sa vie, il n'a pas truqué sa mort. Elle fut une métamorphose, une volonté qui a triomphé de ce qui le limitait, une issue existentielle à laquelle il n'a pu échapper. Ce fut le travail d'une dynamique interne dévoilant une perspective inattendue. Quelquefois la mort met fin à la méprise d'une vie et la transmue dans une nouvelle transcendance. Ce fut votre cas. Aude, tu vas mieux me comprendre. Je ne peux t'occulter l'essentiel : la pierre angulaire sur laquelle Luc s'est délié de sa faute et, en un sens, révélé. Dans son délire, il t'a appelée. Ses gémissements portaient ton nom. Il fut le dernier lien qui l'a rattaché à la vie. Jusqu'à ce qu'il soit ténu et enfin inaudible.

— Pourquoi spécules-tu sur les circonstances, tu n'as pas besoin de les magnifier ni de privilégier cette hypothèse. Épargne-moi une autre souffrance. Celle-ci est bien inutile.

— Il serait plus injuste de ma part de minimiser le contexte car tu as été au cœur de cette solennelle problématique. Tu ne peux suspecter mon frère. Tu apprendras tout de sa bouche.

— Max ? Comment ton frère a-t-il été mêlé à cette tragédie ?

— Il était l'assistant du professeur Gisler qui a pris Luc en charge dans son service. De ce fait, il a participé au suivi médical de Luc avec toute l'équipe hospitalière.

— Quelle coïncidence !

— Il devait tout comme moi anticiper cette douloureuse mission. Il t'en rendra compte. Mon frère a été très impressionné par la personnalité et le charisme de Luc. Les infirmières aussi. Elles ont longtemps parlé de lui.

— Sans toi, j'aurais méconnu ce que Luc avait gardé de plus intime. Sa mort m'en apprend plus que sa vie car elle s'inscrit dans un nouveau champ d'analyse. Certains signes forts sont autant de phares qui éclairent en creux l'écriture indélébile du palimpseste.

La disparition de Luc me révèle qu'il y a dans cet enchaînement un motif directeur qui sous-tend la trame, un sens omniprésent : celui du pacte imaginaire qui nous a toujours liés. Luc, lui aussi, ne l'a jamais rompu. Dans ce dernier épisode, il a exprimé l'inexplicable. Pour lui, tout cela était cohérent. Qui pouvait mieux que toi me faire accéder à son mystère ? Contre toute attente, Luc aura eu le dernier mot. C'est là le paradoxe, l'ultime tour du prestidigitateur. Il échappait à toutes les définitions. Il était insaisissable. Il le fut jusque dans sa dernière révérence.

— Tu me l'avais bien dit. Il était fascinant.

Elles parlèrent de lui jusqu'à l'aube. Il était un sujet intarissable. Aude savait qu'il éclipserait tous les autres et qu'il en serait toujours ainsi.

Tendue, Aude restait suspendue aux lèvres de son amie.

Qu'étaient devenues Sybille et Claire ? Où habitaient-elles ? Comment réagissaient-elles ? Comment se portaient-elles ?

Les dieux avaient gagné ! Ils n'avaient plus à être jaloux de leurs ombres envahissantes. Qu'ils se montrent magnanimes et laissent à Aude la mémoire de leurs mille folies. Elles étaient le vin capiteux de sa jeunesse, son pain blanc. Qu'importe ! S'il ne subsistait que des miettes et une coupe vide, Aude communierait encore au festin d'abondance.

Dans sa marche inéluctable, le temps refoulerait les défaillances. L'idéal détourné de son but par les anciennes inquiétudes se réactualiserait. Aude referait le parcours initiatique.

À terme, dans sa tour, exonérée de toute pénalité, telle Danaé sous l'œil complaisant de Zeus, Aude se féconderait de toutes les richesses retrouvées dans le cérémonial du rêve.

QUATRIÈME PARTIE

Aude avait rejoint Laure dans son atelier aux Dunes. Elle la regardait peindre. Juchée sur son tabouret, dans son grand tablier de lin, Laure opposait par sa décontraction une sérénité rayonnante aux propos complexes et graves de sa sœur.

— Bien sûr que je t'écoute, ma chère Aude. Tu le sais bien, je prépare mon exposition. Je travaille sur ce fond corallien depuis des mois. J'y mets de ton histoire et de celle de Luc.

Laure jouait de son pinceau qu'elle tenait par l'extrémité de ses longs doigts, avec la dextérité d'un chef d'orchestre. Tantôt la baguette se faisait caressante comme la harpe, tantôt elle s'épanouissait, généreuse comme le piano. Parfois, Laure saisissait son racloir : les aplats tombaient aussi agressifs que des cuivres. Elle suivait le cheminement des émotions d'Aude. Elle les intégrait selon une géométrie cabalistique qu'elle laissait éclater par touches en rudoyant sa brosse. Ponctuant sa toile d'éclaboussures d'or, elle les libéra finalement dans celles mélodieuses d'une symphonie.

Laure s'arrêta, satisfaite, sur cette opération finale.

— Oui, reprit-elle, tu me parles de Claire. Je t'ai bien comprise. Ta décision est prise.

— Personne plus que toi ne sait combien ce problème m'a préoccupée. Je l'ai longuement analysé. Je languis tellement de revoir Claire. Je t'ai expliqué qu'elle logeait chez une parente. La pauvre femme devient bien trop âgée. Claire poursuit brillamment ses études. À la rentrée, elle sera mise en pension. Elle redoutait cette perspective plus que tout. Mon vœu le plus cher serait que nous habitions ensemble. J'ai tu, jadis, par pudeur, certains de mes sentiments. Elle n'a pas su combien elle a compté pour moi.

— Le contexte aujourd'hui est tellement différent !

— J'aspire à l'épauler comme si elle était ma propre fille. Le moment est venu de le lui faire savoir. Axelle et Max ont noué d'excellents rapports avec elle. Claire a confié à Max qu'ils ne s'étaient jamais vraiment remis de mon départ. « Revoir Aude tiendrait du miracle » lui a-t-elle dit encore, lorsque Max a voulu sonder ses intentions. De quelle façon Luc aura-t-il justifié notre rupture, je ne le saurai probablement jamais !...

— À ta place, je laisserais cette interrogation dans sa zone d'ombre.

— Pauvre Claire ! Sa vie est si ingrate ! Ma plus belle récompense serait de pouvoir l'adopter. Son sourire raviverait le passé dans ce qu'il avait de plus solaire. Il serait mon dernier cadeau à Luc, une espèce d'apaisement posthume à sa détresse de père lorsque je l'ai quitté.

— Tu as raison d'aller consulter Franck. Tu ne peux avoir un spécialiste plus compétent et attentif que notre frère. Il te conseillera mieux que personne. Et Sybille ?

— Elle est mariée à Sacha. Dans la tourmente, il a été son refuge. Ils vivent à Saint-Léger. Elle sculpte et explore des matériaux nouveaux. Elle fait un travail original de recherche. Elle a retrouvé la paix semble-t-il. Plus jeune, déjà, elle était très inventive !

— J'ai lu la presse. Elle rend hommage à leurs jeunes talents. Ils devraient aller loin tous les deux.

— Elle participe aussi à des concours hippiques. Tout cela me réconforte.

Aude profita de cette pause pour lui glisser en guise de conclusion :

— C'est à l'hôpital que Luc m'aura fait sa dernière déclaration. Voilà Laure, maintenant tu sais tout.

Laure la scruta alors avec le sérieux d'un professeur qui s'adresse, confiante, à la première de sa classe :

— Aude, tu devrais écrire un roman.

— Un roman ? Tu te moques de moi.

— Ne fais pas la sourde oreille. Tu as bien entendu. Un roman qui relaterait votre histoire d'amour.

— Tu plaisantes, je ne suis pas écrivain.

— Eh bien ça sera ton premier roman. Tu as tous les ingrédients d'une histoire hors du commun.

— Encore faut-il savoir la raconter ! Je l'ai vécue comme une épopée dont j'étais l'héroïne. Le déroulement de l'action en a porté le sceau. L'esprit l'a soumise à son originalité. Il a collé aux apparences et les a sublimées. Elles ont pris mille formes dans une épigenèse qui s'est étalée du baroque au romantique, de la poésie au rêve. Était-ce réalité ? Jusqu'où menait l'illusion ? Peu importe ! Certaines situations se sont succédées, enivrantes, les états limites se côtoyaient. Tout était possible, hormis la banalité. Le recul, aujourd'hui, ne peut me démentir. L'exceptionnel était l'ordinaire. Combien je me sentirais pauvre si cette tranche de vie n'avait existé. Cette fresque haute en couleurs, je la regarderai toujours comme un scolaste curieux, afin qu'elle me révèle toute son énigme et me délivre ses points forts. Tu le vois, tout cela est trop spécial. Je ne peux que m'interroger dans le huis clos de mon panthéon imaginaire et m'y réfugier. Car enfin, à ce niveau de conscience, comment parler de soi, comment transcrire le silence lorsqu'il est lui-même chargé de sortilèges ? Comment faire exister des entités en dehors de toute matérialité ? Dis-le moi franchement Laure, comment communiquer cette sensibilité à une telle atmosphère ? Existe-t-il des mots pour exprimer cette osmose ? Comment puis-je, un seul instant, prétendre être le porte-parole de ce mystère ?

— Tu y parviendras par la force du vécu et de vos personnalités. Je vais te faire un aveu aujourd'hui. Je t'ai vue vivre. Depuis des mois, je t'écoute et je peins. J'ai intériorisé tes états d'âme. Je suis imprégnée de ton expérience. Nos tempéraments étaient si différents ! Ma vision a changé. Maintenant je te comprends mieux !

— Tu as de l'affection pour moi. Elle fait de toi un public partial.

— As-tu oublié mes critiques jadis ? Détrompe-toi, je vais t'en administrer la preuve. Je t'avais donné pour consigne de ne pas regarder ma toile. Je te remercie de l'avoir respectée. Le moment est venu de te la dévoiler. C'est elle qui fera la couverture de mon affiche. Voilà l'œuvre que vous m'avez inspirée, Luc et toi. C'est la surprise que je te réservais.

Alors, de la petite estrade qui l'isolait de sa sœur, Laure offrit le tableau au regard intrigué d'Aude.

— Quelle artiste ! Laure, c'est là assurément ton chef-d'œuvre. Tu n'as jamais rien peint de plus beau !

— Honnêtement, j'ai conscience de m'être surpassée, mais je ne peux m'expliquer à moi-même le phénomène. J'avais débuté sur un tout autre thème, figuratif comme d'habitude. Mes pinceaux m'ont désobéi. Ils se sont activés indépendamment de ma volonté. Ils ont mélangé subtilement les couleurs et couru sur la toile avec une tout autre intention. Je n'ai été que l'exécutante de leur projet onirique. J'étais à la fois sous l'effet d'une grande tension et d'une influence mentale incontrôlable, en état de grâce en quelque sorte !

— Quelle évolution Laure ! Tu l'as traduite dans ta peinture !

— C'est une révolution ! J'ai libéré mes fantasmes !

À son tour, Aude, admirative, succombait à l'originalité du tableau et en détaillait le puissant symbole :

Le premier plan était occupé par un couple, dont seuls les bustes étaient représentés. L'homme et la femme, tous deux d'une grande beauté, s'élançaient l'un vers l'autre de la base de deux palais bâtis sur un rivage doré. La naissance de leurs gorges était stylisée par les fondations de ces édifices dont les pierres étaient comme une sertissure de carats à la base de leurs épaules.

L'homme était de profil. Sur sa tête majestueuse reposaient les tours puissantes d'une ville. En épousant la forme d'un casque quadrilatère, elles le faisaient, tel Alexandre, ressembler à un prince guerrier invincible. Ses yeux couleur d'azur interrogeaient la jeune femme qui se tenait à sa droite et presque de trois quarts. Son long cou gracile s'élançait fièrement de l'antique maçonnerie. Un collier de perles le soulignait tel un jonc de nacre et les deux plus belles en forme de poire avaient dû s'en échapper pour orner ses oreilles de lourds pendentifs. Sa chevelure était rehaussée d'une multitude de petites maisons de pêcheurs dont les filets ocres s'éparpillaient sur ses nattes blondes en autant de pittoresques ruelles. Mais le sommet de sa tête radieuse semblait le cœur de la cité avec ses remparts et ses donjons, ses créneaux et ses coupoles antiques, car jamais plus somptueux diadème ne fut enchâssé de pierres aussi précieuses que celles qui couronnaient son gracieux ovale.

Son visage avait quelque chose d'universel et d'énigmatique à la fois, un peu à la manière de la Joconde. Son regard de velours enveloppait son amant d'une tendre certitude. L'une de ses paupières semblait vouloir se refermer sur le serment que sa bouche légèrement entrouverte laissait encore échapper. Au centre de la mer turquoise, une barque paraissait arrimée à un massif coralien de couleur pourpre. À l'arrière plan, des dômes blancs jaillissaient des dunes ocrées, cité millénaire, avec ses minarets et ses palmiers. Cette touche exotique, artistiquement suggérée par un flou argenté, captivait comme un mirage et déjà incitait Aude, rêveuse, à rejoindre Tyr sur l'autre rivage.

— Voilà ma chérie, c'est la célébration du pacte, votre pacte sacré et je te la dédie. À la fin de mon exposition, ma toile sera à toi.

— Notre pacte as-tu dit ? Que tout cela est étrange et résonne en moi. Quelle ambiance ! Tu as si bien interprété notre univers. Jamais symbole ne pouvait être mieux représenté.

— Vous étiez mes deux points lumineux. Je vous ai gardés en mémoire. Vous avez fait don à mes pinceaux de votre aura. Peu à peu vous avez charpenté l'espace du tableau et l'avez envahi d'une sereine plénitude.

Aude lui témoigna son enthousiasme et sa reconnaissance. Pensive, elle dit à Laure :

— Après tout, je vais réfléchir à ta suggestion. Écrire un livre pourquoi pas ! Lorsque je te vois à l'œuvre, tu me donnes l'exemple. Tu as forcé tes limites. Tu m'incites à relever le défi. Peut-être avec le temps, qui le sait, ta toile exceptionnelle en couverture illustrera mon roman.

— Je t'encouragerai toujours dans cette démarche.

Aude maintenant renouait avec le passé.

— Au plus fort de notre passion, le mensonge goutte à goutte a distillé son mortel poison. Le doute fut un chancre redoutable, mais il a pu triompher de la légende de Saint-Léger. Elle survivra dans les mémoires respectueuses de ce dernier héritage. La renommée de ce malheur la nourrira et la rendra plus chère au cœur des prochaines générations.

— Au prix de quel gâchis ! quel sacrifice ! poursuivit Laure. Si Luc au moins n'avait pas menti !

— Et moi, n'ai-je pas aussi ma part de responsabilité ? Souviens-toi, je n'ai pu jadis, au Flambeau, m'abstenir de faire inconsidérément l'éloge de Charles !

— Ah ! Si nous connaissions toutes les forces obscures qui nous gouvernent ! Peut-être que si tu ne t'étais pas rendue à Saint-Léger après votre rupture…

Mais qu'arrivait-il donc à Laure ? Se revendiquant par nature pragmatique et sage, elle n'hésitait pas aujourd'hui à perdre son temps à émettre des hypothèses ! N'était-ce pas précisément le travers d'Aude que Laure jadis raillait gentiment ?

Aude découvrait une autre Laure. Sa sœur avait bien trop d'imagination. Avec des si !... Prudente, Aude ne voulait pas s'aventurer avec elle sur ce terrain et s'engager dans ce que sa sœur aînée qualifiait hier de « discussions oiseuses ».

— Tu vois, Laure, la seule chose dont je sois sûre, c'est que Luc ne s'appelait pas Judas. Je l'aimais. Lorsque nous faisions l'amour...

Laure lui faisait face. Le regard d'Aude était perdu dans le vide et cependant semblait arrimé à une idée fixe qui la sollicitait totalement.

Captive, elle termina sa phrase devenue presque inaudible.

— Des flots opalescents, Tyr l'unique ressuscitait, laissant lentement émerger l'image originelle.

20.09.1999
Cannes

TABLE DES MATIÈRES

Imprimé en France
978-2-8231-1749-3
Dépôt légal : 1er trimestre 2017

Imprimé en France
FRHW010633121021
28691FR00008B/70